阅读，与最好的自己相遇

# 林清玄散文精选

林清玄
Lin Qingxuan

为青少年读者
量身打造的经典读本

长江出版传媒 | 崇文书局

## 图书在版编目（CIP）数据

林清玄散文精选：青少版 / 林清玄著.
—武汉：崇文书局，2017.6（2023.1重印）
ISBN 978-7-5403-4384-2

Ⅰ. ①林…
Ⅱ. ①林…
Ⅲ. ①散文集—中国—当代
Ⅳ. ① I267

中国版本图书馆 CIP 数据核字（2017）第 093582 号

本著作物经北京夏和璟天文化传播有限公司代理，由九歌出版社有限公司授权，在中国大陆出版、发行中文简体字版本。

## 林清玄散文精选：青少版

| 责任编辑 | 高　娟　李利霞 |
|---|---|
| 出版发行 | 长江出版传媒　崇文书局 |
| 地　　址 | 武汉市雄楚大街 268 号 C 座 11 层 |
| 电　　话 | （027）87293001　邮政编码　430070 |
| 印　　刷 | 中印南方印刷有限公司 |
| 开　　本 | 640mm×900mm　1/16 |
| 印　　张 | 18 |
| 字　　数 | 150 千字 |
| 版　　次 | 2017 年 6 月第 1 版 |
| 印　　次 | 2023 年 1 月第 5 次印刷 |
| 定　　价 | 29.80 元 |

（如发现印装质量问题，影响阅读，请与承印厂调换）

本作品之出版权（含电子版权）、发行权、改编权、翻译权等著作权以及本作品装帧设计的著作权均受我国著作权法及有关国际版权公约保护。任何非经我社许可的仿制、改编、转载、印刷、销售、传播之行为，我社将追究其法律责任。

林清玄散文精选

自 序

# 长颈鹿的翅膀

## 一灯·一星·一月

小的时候没有电,到了晚上,乡间一片漆黑。

屋外最亮的是月亮、星星、萤火虫。

我们睡觉前,总是留在院子里,看天上的星月,看田间明灭的萤火。

屋里比屋外更黑,只点了一盏煤油灯,一灯如豆,防止我们跌倒,或撞到东西。

"如豆",一点也不夸张,油灯的灯蕊,只像红豆般大,靠在灯边,什么也看不清,更不用说看书了。

到我五岁时,终于来电了。

父亲到乡公所租了一个电灯泡,一个月十元。

当时,用电不缴电费,只算灯泡的钱,为了善用那个灯泡,我们拉了一条很长的电线,屋梁上钉了很多铁钩。

吃饭时,灯泡挂在饭堂;洗澡时,灯泡挂在浴室。灯泡最后的落脚处,是在祖厅,既可以做祖先的长明灯,还可以让我们读书。

我们家终于有了夜生活，因为灯泡终日不熄，我们总会聚在灯下看书。

我还不识字，每天赖在哥哥姐姐身边，央求他们："念一段来听听。"

我最先识得的字，是挂在祖先牌位旁的对联："忠孝传家远，诗书继世长"。

以及上方的横匾："耕读传家"。

及至我上了学，就像一块干渴了很久的海绵，拼了命地看书、吸收知识。

知或不知、懂或不懂、识或不识，每天读书到半夜。

睡前在院中踱步，抬头看着星月，又美又亮又神奇，突然灵光一闪："为什么课外的书那么好看，课本却那么乏味，我长大之后，是不是能写一本好看的书，给大家看！"

那一年我八岁，发下成为作家的初心。

故乡的第一盏灯，院中的星月，总像引导我，去更远的地方，迈向更高的境界。

## 倾诉·观察·思维

从第一盏灯之后，我没有一天不读书。

也养成了一生的读书习惯，每天一定读书，才肯去睡觉；睡前一定要反刍当天的阅读，才睡得着。

我的写作是源于阅读，却不等同阅读。因为书籍是平面的，写作是立体的；书籍是定型的，写作是鲜活的。

我开始养成了倾诉、观察与思维的习惯。

若说我与一般乡下孩子有何不同，就是我自幼敏于观察、喜欢倾诉、常作思维，这使我在平淡无奇的生活，总能找到自己的观点，并且行诸文字。

单以写作来说，我们再如何聪慧、勤勉，也很难有超越经典的可能。但如果我们能回归自己的时代、融入自己的生活、创发自己的感性，就能别用蹊径，走出一条自己的路。

我常把读书写作形容成"长颈鹿长出翅膀"，从演化的角度看，在几百万年之前，长颈鹿也是一般的鹿，但是它为了看得更远，不断地伸长脖子，终于长成现在的样子。

或者有一天，它觉得自己不够高，又经过无数的日子，长出了一对翅膀。

我们之所以沉醉于阅读，是在心里渴望看到更远的世界，吸收到更高层的养料。

我们倾心于创作，是希望在心里安一对翅膀，飞到更高境界的所在。

我在青少年时代，不停地阅读和写作，正是深知自己的不足，就如一只小鹿知道自己的不足……幸好不必经过几百万年的演化，只要打开书本、摊开稿纸，就能变成长了翅膀的长颈鹿。

## 早上·莲花·盛开

我到花店去买莲花。

走出花店，一位老人叫住我。

他说："买了那么多莲花呀？"

我说："是呀！买回家供佛！"

老人又说:"我看你不会选莲花。"

"是吗?"我看着手上那些花苞硕大、饱满的莲花,再看看老人,不明白他的意思。

老人说:"现在是早晨,早上是莲花开放最好的时间,早上不开的莲花,下午也不会开,晚上也不会开了。早上盛开的莲花,晚上会合起来,明天早上再开。"

听了老人家的话,我当场怔住了。原来如此,怪不得我从前买的莲花常常开得不好!

从那时候起,我懂得挑莲花了,也记住了早上是莲花开放最好的时间。

人生亦然,青少年时代是盛开最好的时间,如果在青少年时代,不充满热情、浪漫、理想地盛开,展现美丽、青春与芬芳,到了后半生,一定会老大徒悲伤呀!

我一直希望编选更多的青少年版,给喜欢阅读、写作、思维的青少年,那是因为对这个世界的未来还有着热望,希望大家一起来,美绘这个世界、香绘这个世界、亮绘这个世界。

林清玄 二〇一七年<br>夏日清淳斋

# 自序 長頸鹿的麂膀

## 一燈、一星、一月

小的時候沒有電，到了晚上，鄉間一片漆黑。

屋外最亮的是月亮、星星、螢火蟲。

我們睡覺前，總是坐在院子裡，看天上的星月，看田間明滅的螢火。

屋裡比屋外更黑，只點一盞煤油燈，一燈如豆。

防此我們跌倒，或撞到東西。

「媽」，「豆」，一桌也不誇張，油燈的燈蕊，只像紅豆般大，靠在燈邊，什麼也看不清，更不用說看書了。

到我五岁时，终於来电了。

父親到鄉公所組了一个电灯泡，一个月十元。當時，用電不繳电費，只算灯泡的錢，房子裏用那个灯泡，我們拉了一條很長的电線，屋樑上釘了很多鐵鉤。

吃飯時，灯泡掛在飯堂，洗澡時，灯泡掛在浴室；灯泡最後的落腳處，是在祖厝，祖先的長明灯，可以浪費我們讀書。

我們家終於有了夜生活，因為灯泡終日不熄，我們總会聚在灯下看書。

我还不識字，每次賴在哥哥妹妹身边，央求他們："念一段来听。"

我最先识得的字，是挂在祖先牌位旁的对联「忠孝传家远，诗书继世长。」以及上方的横匾：「耕读传家」。

及至我上了学，就像一块乾涸了很久的海绵拼了命的看书，吸收知识。

不知或知、懂或不懂、口识或不识，每天的书列半夜。

睡前在梦中踱步，指头看著星月，又美又亮，又神奇，突然灵光一闪：

「为什么课外的书那么好看，课本却那么乏味。」

4

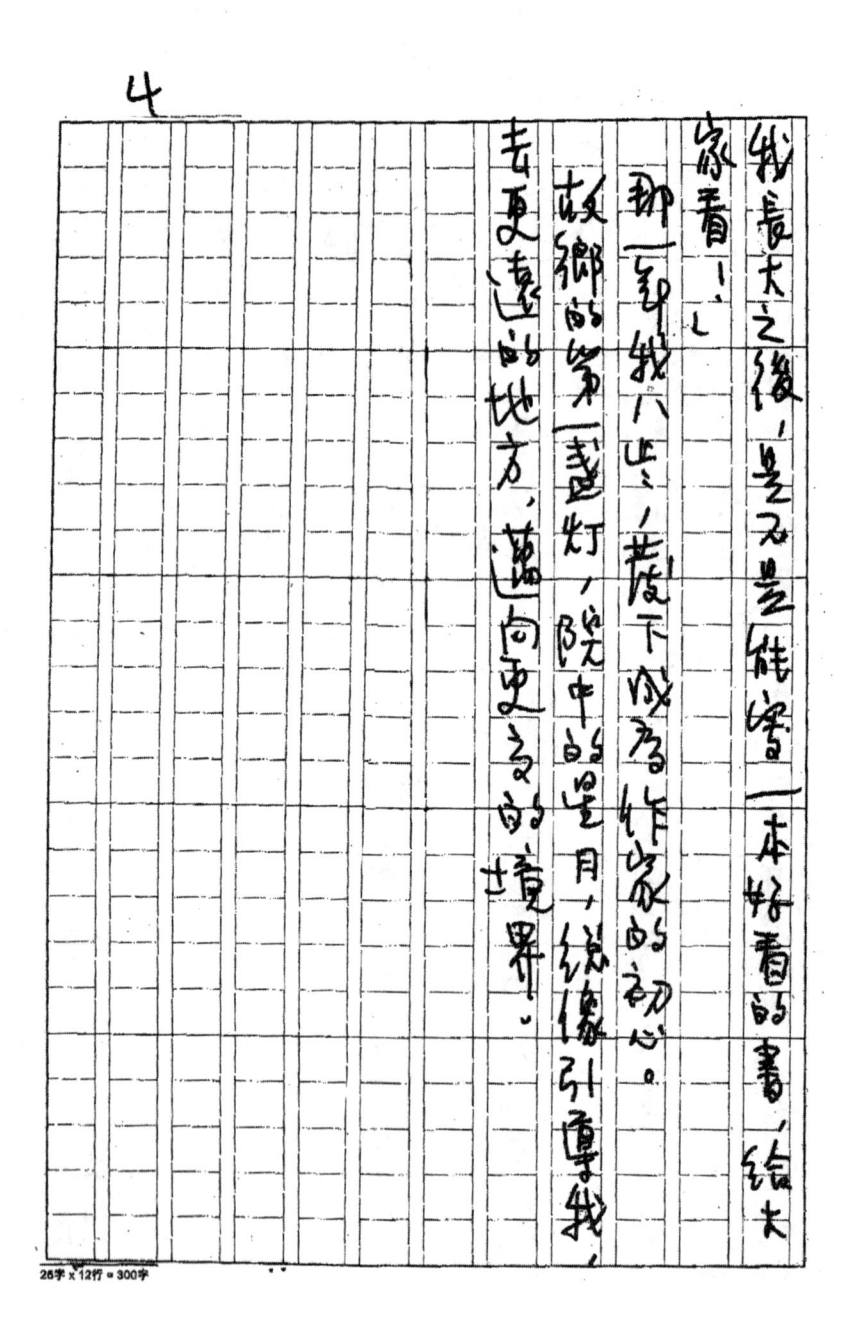

我長大之後，是不是能寫一本好看的書給大家看！」

那一刻我八歲，燈下成為作家的初心。

故鄉的第一盞燈，院中的望月，就像引導我去更遠的地方，邁向更高的境界。

/林清玄散文精选/

# 目 录

## 白雪少年

| | |
|---|---|
| 太阳雨 | 2 |
| 冰糖芋泥 | 7 |
| 过火 | 12 |
| 白雪少年 | 23 |
| 飞入芒花 | 27 |
| 梦之祭典 | 35 |
| 红心番薯 | 43 |
| 期待父亲的笑 | 50 |
| 水终有澄澈的一天 | 56 |

## 温一壶月光下酒

| | |
|---|---|
| 阳光的味道 | 60 |
| 幸福的开关 | 63 |
| 温一壶月光下酒 | 72 |
| 有情十二帖 | 80 |

| | 季节十二帖 | 91 |
| | 吾心似秋月 | 98 |
| | 鸳鸯香炉 | 105 |
| | 松子茶 | 112 |
| | 木鱼馄饨 | 115 |
| | 好雪片片 | 119 |

| 清风送白云 | 步步起清风 | 124 |
| | 清风送白云 | 130 |
| | 平常心不是道 | 133 |
| | 摩顶松 | 136 |
| | 柔软的耕耘 | 139 |
| | 活的钻石 | 144 |

| 总有群星在天上 | 思想的天鹅 | 148 |
| | 总有群星在天上 | 151 |

| | | |
|---|---|---|
| | 黄玫瑰的心 | 156 |
| | 快乐真平等 | 160 |
| | 一杯蜜是炼过几只蜂的 | 163 |
| | 心田上的百合花 | 167 |
| | 枯萎的桃花心木 | 170 |
| | 留一只眼睛看自己 | 173 |
| | 河的感觉 | 177 |

| | | |
|---|---|---|
| 清欢 | 买一瓣心香 | 186 |
| | 家家有明月清风 | 189 |
| | 清欢 | 194 |
| | 秋天的心 | 201 |
| | 肉骨茶 | 204 |
| | 在微细的爱里 | 207 |
| | 咸也好，淡也好 | 209 |

| | | |
|---|---|---|
| **这个世界，<br>　　我看见了** | 世界如此广阔 | 214 |
| | 寻找从前的眼泪 | 217 |
| | 这个世界，我看见了 | 220 |
| | 月光少年 | 226 |
| | 不用名牌的幸福 | 229 |
| | 从最根深处站起来 | 232 |

| | | |
|---|---|---|
| **一滴水到海洋** | 好的小孩教不坏 | 242 |
| | 最有力量的，是爱 | 246 |
| | 一滴水到海洋 | 249 |
| | 生命的化妆 | 254 |
| | 猫头鹰人 | 257 |
| | 珍惜的心 | 263 |
| | 味之素 | 267 |

/林清玄散文精选/

# 白雪少年

那些岁月虽在我们的流年中消逝,
但借着非常非常微小的事物,
往往一勾就是一大片,仿佛是草原里的小红花,
先是看到了那朵红花,然后发现了一整片大草原,
红花可能凋落,而草原却成为一个大的背景,
我们就在那背景里成长起来。

# 太阳雨

对太阳雨的第一印象是这样子的。

幼年随母亲到芋田里采芋梗，要回家做晚餐，母亲用半月形的小刀把芋梗采下，我蹲在一旁看着，想起芋梗油焖豆瓣酱的美味。

突然，被一阵巨大震耳的雷声所惊动，那雷声来自远方的山上。

我站起来，望向雷声的来处，发现天空那头的乌云好似听到了召集令，同时向山头的顶端飞驰奔跑去集合，密密层层地叠成一堆。雷声继续响着，仿佛战鼓频催，一阵急过一阵，忽然，将军喊了一声："冲呀！"

乌云里哗哗洒下一阵大雨，雨势极大，大到数公里之外就听见噼啪之声，撒豆成兵一样。我站在田里被这阵雨的气势慑住了，看着远处的雨幕发呆，因为如此巨大的雷声、如此迅速集结的乌云、如此不可思议的澎湃之雨，是我第一次看见。

说是"雨幕"一点也不错，那阵雨就像电影散场时拉起来的厚重黑幕，整齐地拉成一列，雨水则踏着军人的正步，齐声踩过田原，还呼喊着雄壮威武的口令。

平常我听到大雷声都要哭的，那一天却没有哭，就像第一次被鹅咬到屁股，意外多过惊慌。最奇异的是，雨虽是那样大，离我和母亲的位置不远，而我们站的地方阳光依然普照，母亲也没有要跑的意思。

"妈妈，雨快到了，下很大呢！"

"是西北雨，没要紧，不一定会下到这里。"

母亲的话说完才一瞬间，西北雨就到了，有如机枪掠空，哗啦一声从我们头顶掠过，就在扫过的那一刹那，我的全身已经湿透，那雨滴的巨大也超乎我的想象，炸开来几乎有一个手掌，打在身上，微微发疼。

西北雨淹住我们，继续向前冲去。奇异的是，我们站的地方仍然阳光普照，使落下的雨丝恍如金线，一条一条编织成金黄色的大地，溅起来的水滴像是碎金屑，真是美极了。

母亲还是没有要躲雨的意思，事实上空旷的田野也无处可躲，她继续把未采收过的芋梗采收完毕，记得她曾告诉我，如果不把粗的芋梗割下，包覆其中的嫩叶就会壮大得慢，在地里的芋头也长不坚实。

把芋梗用草捆扎起来的时候，母亲对我说："这是西北雨，如果边出太阳边下雨，叫作日头雨，也叫作三八雨。"接着，她解释说："我刚刚以为这阵雨不会下到芋田，没想到看错了，因为日头雨虽然大，却下不广，也下不久。"

我们在田里对话就像家中一般平常，几乎忘记是站在庞大的雨阵中，母亲大概是看到我愣头愣脑的样子，笑了，说："打在头上会痛吧！"然后顺手割下一片最大的芋叶，让我撑着，芋叶遮不住西北雨，却可以暂时挡住雨的疼痛。

我们工作快完的时候，西北雨就停了，我随着母亲沿田埂走回家，看到充沛的水在圳沟里奔流，整个旗尾溪都快涨满了，可见这雨虽短暂，却是多么巨大。

太阳依然照着，好像无视于刚刚的一场雨，我感觉自己身上的雨水向上快速地蒸发，田地上也像冒着腾腾的白气。觉得空气里有一股甜甜的热，土地上则充满着生机。

"这西北雨是很肥的，对我们的土地是最好的东西，我们做田人，偶尔淋几次西北雨，以后风呀雨呀，就不会轻易让我们感冒。"田埂只容一人通过，母亲回头对我说。

这时，我们走到蕉园附近，高大的父亲从蕉园穿出来，全身也湿透了，"咻！这阵雨有够大！"然后他把我抱起来，摸摸我的光头，说："有给雷公惊到否？"我摇摇头，父亲高兴地笑了："哈……金刚头，不惊风、不惊雨、不惊日头。"

接着，他把斗笠戴在我头上，我们慢慢地走回家去。

回到家，我身上的衣服都干了，在家院前我仰头看着刚刚下过太阳雨的田野远处，看到一条圆弧形的彩虹，晶亮地横过天际，天空中干净清朗，没有一丝杂质。

每年到了夏天，在台湾南部都有西北雨，午后刚睡好午觉，雷声就会准时响起，有时下在东边，有时下在西边，像是雨和土地的约会。在台北都城，夏天的时候如果空气污浊，我就会想："如果来一场西北雨就好了！"

西北雨虽然狂烈，却是土地生机的来源，也让我们在雄浑的雨景中，感到人是多么渺小。

我觉得这世界之所以会人欲横流、贪婪无尽，是由于人不能自见渺小，因此对天地与自然的律则缺少敬畏的缘故。大风大雨在某些时刻给我们一种无尽的启发，记得我小时候遇过几次大台风，从家里的木格窗，看见父亲种的香蕉，成排成排地倒下去，心里忧伤，却也同时感受到无比的大力，对自然有一种敬畏之情。

台风过后，我们小孩子会相约到旗尾溪"看大水"，看大水淹没了溪洲，淹到堤防的腰际，上游的牛羊猪鸡，甚至农舍的屋顶，都在溪中浮沉漂流而去，有时还会看见两人合围的大树，整棵连根流向大海，我们就会默然肃立，不能言语。呀！从山水与生命的远景看来，人是渺小一如蝼蚁的。

我时常忆起那骤下骤停、瞬间阳光普照；或一边下大雨、一边出太阳的"太阳雨"。所谓的"三八雨"就是一块田里，一边下着雨，另外一边却不下雨，我有几次站在那雨线中间，让身体的右边接受雨的打击、左边接受阳光的照耀。

三八雨是人生的一个谜题，使我难以明白，问了母亲，她三言两语就解开这个谜题，她说：

"任何事物都有界限，山再高，总有一个顶点；河流再长，总能找到它的起源；人再长寿，也不可能永远活着；雨也是这样，不可能遍天下都下着雨，也不可能永远下着……"

在过程里固然变化万千，结局也总是不可预测的，我们可能同时接受着雨的打击和阳光的温暖，我们也可能同时接受阳光无情的暴晒与雨水有情的润泽，山水介于有情与无情之间，能适性地、勇敢地举起脚步，我们就不能因自然的轻踩得到感冒。

在苏东坡的词里有一首《水调歌头》，是我很喜欢的，他说：

落日绣帘卷，亭下水连空。知君为我新作，窗户湿青红。长记平山堂上，欹枕江南烟雨，杳杳没孤鸿。认得醉翁语，山色有无中。

一千顷，都镜净，倒碧峰。忽然浪起，掀舞一叶白头翁。堪笑兰台公子，未解庄生天籁，刚道有雌雄。一点浩然气，千里快哉风！

在人生广大的倒影里，原没有雌雄之别，千顷山河如镜，山色在有无之间，使我想起南方故乡的太阳雨，最爱的是末后两句："一点浩然气，千里快哉风！"心里存有浩然之气的人，千里的风都不亦快哉，为他飞舞、为他鼓掌！

这样想来，生命的大风大雨，不都是我们的掌声吗？

# 冰糖芋泥

每到冬寒时节，我时常想起幼年时候，坐在老家西厢房里，一家人围着大灶，吃母亲做的冰糖芋泥。事隔二十几年，每回想起，齿颊还会涌起一片甘香。

有时候没事，读书到深夜，我也会学着妈妈的方法，熬一碗冰糖芋泥，温暖犹在，但味道已大不如前了。我想，冰糖芋泥对我，不只是一种食物，而是一种感觉，是冬夜里的暖意。

成长在台湾光复后几年的孩子，对番薯和芋头这两种食物，相信记忆都非常深刻。早年在乡下，白米饭对我们来讲是一种奢想，三餐时，饭锅里的米饭和番薯永远是不成比例的，有时早上喝到一碗未掺番薯的白粥，就会高兴半天。

生活在那种景况中的孩子只有自求多福，但最难为的恐怕是妈妈，因为她时刻都在想如何为那简单贫乏的食物设计一些新的花样，让我们不感到厌倦，并增加我们的生活趣味。我至今最怀念的是母亲费尽心机在食物上所创造的匠心和巧意。

打从我刚学会走路的时候，就经常在午后的空闲里，随着母亲到田中采摘野菜，她能分辨出什么野菜可以食用，且加以最可口的配方。譬如有一道菜叫"乌莘菜"的，母亲采下那最嫩的芽，用太白粉烧汤，那又浓又香的汤汁我到今天还不敢稍稍忘记。

即使是番薯的叶子，摘回来后剥皮去丝，不管是火炒，还是清煮，都有特别的翠意。

如果遇到雨后，母亲就拿把铲子和竹篮，到竹林中去挖掘那些刚要冒出头来的竹笋。竹林中阴湿的地方常生长着一种可食用的蕈类，是银灰而带点褐色的。母亲称为"鸡肉丝菇"，炒起来的味道真是如同鸡肉丝一样。

就是乡间随意生长的青凤梨，母亲都有办法变出几道不同的菜式。

母亲是那种做菜时常常有灵感的人，可是遇到我们几乎天天都要食用、等于是主食的番薯和芋头则不免头痛。将番薯和芋头加在米饭里蒸煮是很容易的，可是如果天天吃着这样的食物，恐怕脾气再好的孩子都要哭丧着脸。

在我们家，番薯和芋头都是长年不缺的，番薯种在离溪河不远处的沙地，纵在最困苦的年代，也会繁茂地生长，取之不尽，食之不绝。芋头则种在田野沟渠的旁边，果实硕大坚硬，也是四季不缺。

我常看到母亲对着用整布袋装回来的番薯和芋头发愁，然后她开始在发愁中创造，企图用最平凡的食物，来做最不平凡的菜肴，让我们整天吃这两种东西不感到烦腻。

母亲当然把最好的部分留下来掺在饭里,其他的,她则小心翼翼地将之切成薄片,用糖、面粉,和我们自己生产的鸡蛋打成糊状,薄片沾着粉糊下到油锅里炸,到呈金黄色的时刻捞起,然后用一个大的铁罐盛装,就成为我们日常食用的饼干。由于母亲故意宝爱着那些饼干,我们吃的时候是用分配的,所以就觉得格外好吃。

即使是番薯有那么多,母亲也不准我们随便取用,她常谈起日据时代空袭的一段岁月,说番薯也和米饭一样重要。那时我们家还用烧木柴的大灶,下面是排气孔,烧剩的火灰落到气孔中还有温热,我们最喜欢把小的红心番薯放在孔中让火烬焖熟,剥开来真是香气扑鼻。母亲不许我们这样做,只有得到奖赏的孩子才有那种特权。

记得我每次考了第一名,或拿奖状回家时,母亲就特准我在灶下焖两个红心番薯以作为奖励;我从灶里探出焖熟的番薯,心中那种荣耀的感觉,真不亚于在学校的讲台上领奖状,番薯吃起来也就特别有味。我们家是个大家庭,我有十四个堂兄弟,四个堂姊,伯父母都是早年去世,由母亲主理家政,到今天,我们都还记得领到两个红心番薯是一个多么隆重的奖品。

番薯不只用来做饭、做饼、做奖品,还能与东坡肉同卤,还能清蒸,母亲总是每隔几日就变一种花样。夏夜里,我们做完功课,最期待的点心是,母亲把番薯切成一寸见方,和凤梨一起煮成的甜汤;酸甜兼具,颇可以象征我们当日的生活。

芋头的地位似乎不像番薯那么重要，但是母亲的一道芋梗做成的菜肴，几乎无以形容；有一回我在台北天津卫吃到一道红烧茄子，险险落下泪来，因为这道北方的菜肴，它的味道竟和二十几年前南方贫苦的乡下，母亲做的芋梗极其相似。本来挖了芋头，梗和叶都要丢弃的，母亲却不舍，于是芋梗做了盘中飧，芋叶则用来给我们上学做饭包。

芋头孤傲的脾气和它流露的强烈气味是一样的，它充满了敏感，几乎和别的食物无法相容。削芋头的时候要戴手套，因为它会让皮肤麻痒，它的这种坏脾气使它不能取代番薯，永远是个二副，当不了船长。

我们在过年过节时，能吃到丰盛的晚餐，其中不可少的一样是芋头排骨汤。我想全天下，没有比芋头和排骨更好的配合了，唯一能相提并论的是莲藕排骨，但一浓一淡，风味各殊，人在贫苦的时候，毋宁是更喜爱浓烈的味道。母亲在红烧鲢鱼头时，炖烂的芋头和鱼头相得益彰，恐怕也是天下无双。

最不能忘记的是我们在冬夜里吃冰糖芋泥的经验，母亲把煮熟的芋头捣烂，和着冰糖同熬，熬成迹近晶蓝的颜色，放在大灶上。就等着我们做完功课，给检查过以后，可以自己到灶上舀一碗热腾腾的芋泥，围在灶边吃。每当知道母亲做了冰糖芋泥，我们一回家便赶着做功课，期待着灶上的一碗点心。

冰糖芋泥只能慢慢地品尝，就是在最冷的冬夜，它也每一口都是滚烫的。我们一大群兄弟姊妹站立着围在灶边,细细享受母亲精制的芋泥,嬉嬉闹闹,吃完后才满足地回房就寝。

二十几年时光的流转,兄弟姊妹都因成长而星散了,连老家都因盖了新屋而消失无踪,有时候想在大灶边吃一碗冰糖芋泥都已成了奢想。天天吃白米饭,使我想起那段用番薯和芋头堆积起来的成长岁月,想吃去年腌制的萝卜干吗?想吃雨后的油焖笋尖吗?想吃灰烬里的红心番薯吗?想吃冬夜里的冰糖芋泥吗?有时想得不得了,心中徒增一片惆怅,即使真能再制,即使母亲还同样的刻苦,味道总是不如从前了。

我成长的环境是艰困的,因为有母亲的爱,那艰困竟都化成甜美,母亲的爱就表达在那些看起来微不足道的食物里面;一碗冰糖芋泥其实没有什么,但即使看不到芋头,吃在口中,可以简单地分辨出那不是别的东西,而是一种无私的爱,无私的爱在困苦中是最坚强的。它纵然研磨成泥,但每一口都是滚烫的,是甜美的,在我们最初的血管里奔流。

在寒流来袭的台北灯下,我时常想到,如果幼年时代没有吃过母亲的冰糖芋泥,那么我的童年记忆就完全失色了。

我如今能保持乡下孩子恬淡的本性,常能在面对一袋袋知识的番薯和芋头,知所取舍变化,创造出最好的样式,在烦闷发愁时不失去向前的信心,我确信和我童年的生活有着密切的关系。因为母亲的影子在我心里最深刻的角落,永远推动着我。

# 过火

是冬天刚刚走过,春风蹑足敲门的时节,天气像是晨荷巨大叶片上浑圆的露珠,晶莹而明亮,台风草和野姜花一路上微笑着向我们招呼。

妈妈一早就把我唤醒了,我们要去赶一场盛会,在这次妈祖生日盛会里有一场过火的盛典,早在几天前我们就开始斋戒沐浴,妈妈常两手抚着我瘦弱的肩膀,幽幽地对爸爸说:"妈祖生时要带他去过火。"

"火是一定要过的。"爸爸坚决地说,他把锄头靠在门侧,挂起了斗笠,长长叹一口气,然后我们没有再说什么话,就围聚起来吃着简单的晚餐。

从小,我就是个瘦小而忧郁的孩子,每天爬山涉水并没有使我的身体勇健,父母亲长期垦荒拓土的恒毅忍艰也丝毫没有遗传给我。

爸爸曾经为我做过种种努力,他一度希望我成为好猎人,每天叫我背着水壶跟他去打猎,我却常在见到山猪和野猴时吓得大哭失声,使得爸爸几度失去他的猎物,然后就撑着双管猎枪紧紧搂抱着我,他的泪水濡湿我的肩胛,喃喃地说:"怎么会这样,怎么会生出这样的孩子……"

他又寄望我成为一个农夫,常携我到山里工作,我总是在烈日烧烤下昏倒在正需要开垦的田地里,也时常被草丛中窜出的毒蛇吓得屁滚尿流,爸爸不得不放下锄头跑过来照顾我。醒来的那一刻我总是听到爸爸长长而悲伤的叹息。

我也天天暗下决心要做一个男子汉,慢慢地,我变得硬朗了,爸妈也露出欣慰的笑容,可是他们的努力和我的努力一起崩溃了,在我孪生的弟弟七岁那年死的时候。

眼见到和自己一模一样的弟弟死去,我竟也像死去一半了,失去了生存的勇气,我变成一个失魄的孩子,每天眉头深结,形销骨立,所有的医生都看尽了,所有的补药都吃尽了,换来的仍是叹息和眼泪。

然后爸爸妈妈想到神明。想到神明好像一切希望都来了。

神明也没有医好我,他们又祈求十年一次的大过火仪式,可以让他们命在旦夕的儿子找到一闪生命的火光。

我强烈地惦怀弟弟,他清俊的脸容常在暗夜的油灯中清晰出来,他的脸是刀凿般深刻,连唇都有血一样的色泽。我们曾脐带相连地度过许多快乐和凄苦的岁月,我念着他,不仅因为他是我的兄弟,而是我们生命血肉的最根源处紧紧纠结。

弟弟的样貌和我一模一样,个性却不同,弟弟强韧、坚毅而果决,我是忧郁、畏缩而软弱,如果说爸爸妈妈是一间使我们温暖的屋宇,弟弟和我便是攀爬而上的两种植物,弟弟是充满霸气的万年青,我则是脆弱易折的牵牛,两者虽然交缠分不出面目,又是截然不同,万年青永远盎然充满炽盛的绿意,牵牛则常开满忧郁的小花。

刚上一年级,弟弟在上学的长途中常常负我涉水过河,当他在急湍的河水中苦涉时,我只能仰头看白云缓缓掠过。放学回家,我们要养鸡鸭,还要去割牧草,弟弟总是抢着做工,把割来的牧草与我对分,免得回家受到爸妈责备的目光。

弟弟也常为我的懦弱吃惊,每次他在学校里打架输了,总要咬牙恨恨地望我。有一回,他和班上的同学打架,我只能缩在墙角怔怔地看着,最后弟弟打输了,坐跌在地上,嘴角淌着细细的血丝,无限哀怨地凝睇着他无用的哥哥。

我撑着去扶他,弟弟一把推开我,狂奔出教室。

那时已是秋深了,相思树的叶子黄了,灰白的野芒草在秋风中杂乱地飞舞,弟弟拼命奔跑,像一只中枪惊惶而狂怒的白鼻心,要借着狂跑吐尽心中的最后一口气。

"宏弟,宏弟。"

我嘶开喉咙叫喊。弟弟一口气奔到黑肚大溪,终于力尽了颓坐下来,缓缓地躺卧在溪旁,我的心凹凸如溪畔团团围住弟弟的乱石。

风,吹得很急。

等我气喘吁吁赶到，看见弟弟脸上已爬满了泪水，一张脸湿糊糊的，嘴边还凝结着褐暗色的血丝，脸上的肌肉紧紧地抽着，像是我们农田里用久了的帮浦。

我坐着，弟弟躺卧着，夕阳斜着，把我们的影子投照在急速流去的溪中。

弟弟轻轻抽泣很久，抬头望着天云万叠的天空，低哑着声音问：

"哥，如果我快被打死了，你会不会帮助我？"

之后，我们便紧紧相拥放声痛哭，哭得天都黄昏了，听见溪水潺潺，才一言不发走回家。

那是我和弟弟最后的一个秋天，第二年他便走了。

爸爸牵我左手，妈妈执我右手，在金光万道的晨曦中，我们终于出发了。一路上远山巅顶的云彩千变万化，我们对着阳光的方向走去，爸爸雄伟的体躯和妈妈细碎的步子伴随着我。

从山上到市镇要走两小时的山路，要翻过一座山涉过几条溪水，因为天早，一路上雀鸟都被我们的步声惊飞，偶尔还能看见刺竹林里松鼠忙碌地跳跃，我们没有说什么话，只是无声默默前行，一直走到黑肚大溪，爸爸背负我涉过水的对岸，突然站定，回头怅望迅即流去的溪水，隔了一会儿说：

"弟弟已经死了，不要再想他。"

"爸爸今天带你去过火，就像刚刚我们走水过来一样，你只要走过火堆，一切都会好转。"

爸爸看到我茫然的眼神，勉强微笑说：

"只不过是一个小小的火堆罢了。"

我们又开始赶路，我侧脸望着母亲手挽花布包袱的样子，她的眼睛里一片绿，映照出我们十几年垦拓出来的大地，两个眼睛水盈盈的。

我走得慢极了，心里只惦想着家里养的两只蓝雀仔，爸爸索性把我负在背上，愈走愈快，甚至把妈妈丢在远远的后头了。

穿过相思树林的时候，我看到远方小路尽头处有一片花花的阳光。

一个火堆突然莫名地闪过我的脑际。

抵达小镇的时候，广场上已经聚集了黑压压的人头，这是小镇十年一次的做醮，腾沸的人声与笑语嗡嗡地响动。我从架满肥猪的长列里走过，猪头张满了蹦起的线条，猪口里含着鲜新金橙色的橘子，被剖开肚子的猪仔们竟微笑着一般，怔怔地望着溢满欣喜的人群。

广场的左侧被清出一块光洁的空地，人们已经围聚在一起，看着空地上正猛烈燃烧的薪材，爸爸告诉我那些木材至少有四千斤，火舌高扬冲上了湛蓝的天空，在毕毕剥剥的材裂声中我仿佛听见人们心里狂热的呼喊，人人的脸蛋都烘成了暖滋滋的新红色。两个穿着整齐衣着的人手拿丈长的竹竿正挑着火堆，挑一下，飞扬起一阵烟灰，火舌马上又追了上来。

一股刚猛的热气扑到我脸上,像要把我吞噬了。妈妈拉我到怀中,说:"不要太靠近,会烫到。"正在这时,广场对角的戏台咚咚呛呛地响起了锣鼓,扮仙开始,好戏就要开锣了。

咚咚呛呛,咚咚呛,柴火慢慢小了,剩下来的是一堆红通通的火炭,裂成大大小小一块块,堆成一座火热的炭山。我想起爸爸要我走火堆,看热闹的心情好像一下子被水浇灭了。

"司公来了!司公来了!"人群里响起一阵呼喊,壅塞的人群眼睛全望向相同的方向,一个身穿黑色道袍头戴黑色道帽的人走来,深浓的黑袍上罩着一件猩红色的绸缎披肩,黑帽上还有一粒鲜红色的帽粒。

人群让开一条路,那个又高又瘦的红头道士踏着八卦步一摇一摆地走进来,脸上像一张毫无表情的画像。

人们安静下来了。

我却为这霎时的静默与远处噪闹的锣鼓而微微地颤抖。

红头道士做法事的另一边,一个赤裸上身的人正颤颤地发抖,颤动的狂热使人群的焦点又注视着他,爸爸牵我依过去,他说那是神的化身,叫作童乩。

童乩吐着哇哇不清的语句,他的身侧有一个金炉和一张桌子,桌上有笔墨和金纸。他摇得太快,使我的眼睛花乱了,他提起笔在金纸上乱画一通,有圈、有钩、有直,我看不出那是什么。爸爸领了一张,装在我的口袋里,说可以保佑我过火平安,平安装在我的口袋里便可以安心去过火了。

呜——呜——呜！呜！

远远望去，红头道士正在木炭堆边念咒语，烟雾使他成为一个诡异的立体，他左手持着牛角号，吹出了低沉而令人惊撼的声音。右手的一条蛇头软鞭用力抽打在地上，发出啪啪的响声，鞭声夹着号角声，人人都被震慑住了。

爸爸说，那是用来驱赶邪鬼的。

后来，道士又拿来一个装了清水的碗和盛满盐巴的篮子，他含了一口水，噗一声喷在炭上，嗤———阵水烟蒸腾起来，他口中喃喃，然后把一篮盐巴遍洒在火堆上。三乘小轿在火堆旁绕圈子，有人拿长竹竿把火堆铺成一丈长四尺宽的火毡，几个精壮的汉子用力拨开人群，口里高呼着："请闪开，过火就要开始了。"

三乘小轿越转越快，转得像飞轮一样。

妈妈紧紧抱我在怀中。

三乘小轿的轿夫齐声呼喝，便顺序跃上火毡，嗤一声，我的心一阵紧缩，他们跨着大步很快地从火毡上跑过去，着地的那一刻，所有人都从梦般的静默里惊呼起来，一些好事的人跑过去看他们的脚，这时，轿夫笑了。

"火神来过了，火神来过了。"许多人忍不住狂呼跳叫。

红头道士依然在火堆旁念着神秘的不可知的像响自远天深处的咒

语。

过火的乡人们都穿着一式的汗衫短裤,露出黧黑而多毛的腿,一排排的腿竟像冒着白烟,蒸腾着生命的热气。

那些腿都是落过田水的,都是在炙毒的阳光和阴诈的血蛭中慢慢长成,生活的熬炼就如火炭一直铸着他们——他们那样的兴奋,竟有一点去赶市集一样,人人面对炭火总是有些惊惶,可是老天有眼,他们相信这一双肉腿是可以过火的。

十二月天,冷酸酸的田水,和春天火炙炙的炭火并没有不同,一个是生活的历练,一个是生命的经验,都只不过是农人与天运搏斗的一个节目。

轿子,一乘乘地采取同样的步姿,夸耀似的走过火堆。

爸爸妈妈紧紧牵着我,每当嗐的声音响起,我的心就像被铁爪抓紧一般,不能动弹。

司锣的人一阵紧过一阵地敲响锣鼓。

轿夫一次又一次将他们赤裸的脚踝埋入红艳艳的火毡中。

随着锣鼓与脚踝的乱蹦乱跳,我的心也变得仓惶异常,想到自己要迈入火堆,像是陷进一个恐怖的海上噩梦,抓不到一块可以依归的浮木。

一张张红得诡谲的玄妙的脸闪到我的眼睫来。

我抓紧爸妈微微渗汗的手,思及弟弟在天地的风景中永远消失的一幕,他的脸像被火烤焦的紫红色,头一偏,便魔吃也似的去了,床侧焚烧的冥纸耀动鬼影般的火光。

在火光的交叠中,我看到领过符的乡民一一迈步跨入火堆。

有的步履沉重,有的矫捷,还有仓惶跑过的。

我看到一位老人背负着婴儿走进火堆,他青筋突起的腿脚毫不迟疑地埋进火中,使我想起庙顶上红绿交糅的庄严画像。爸爸告诉我,那是他重病的小儿子,神明用火来医治他。

咚咚锵锵,咚咚锵。

远处的戏锣和近处的锣鼓声竟交缠不清了。

"阿玄,轮到你了。"妈妈用很细的声音说。

"我——我怕。"

"不要怕,火神来过了,不要怕。"

爸妈推着我就要往火堆上送。

我抬头望望他们,央求地说:"爸,妈,你们和我一起走。"

"不行。只有你领了符。"爸爸正色道。

锣声响着。

火光在我眼前和心头交错。

爸妈由不得我,硬把我架走到火堆的起点。

"我不要,我不要——"我大声号哭起来。

"走,走!"爸爸吼叫着。

我不要——

妈——

我跪了下来，紧紧抱住妈妈的腿，泪水使我什么都看不见了。

"没出息。我怎么会生出这种儿子，给我现世，今天你不走，我就把你打死在火堆上。"爸爸的声音像夏天午后的西北雨雷，嗡嗡响动，我抬头看，他脸上爬满泪水，重重把我摔在地上，跑去抢起道坛上的蛇头软鞭，啪一声抽在我身旁的地上，溅起一阵泥灰。

"我打死你！我打死你！林姓的祖先做了什么孽，生出这样的孩子，我打死你，让你去和那个讨债的儿子做堆！"我从来没有看过爸爸暴怒的面容，他的肌肉纠结着，头发扬散如一头巨狮。

"你疯了。"妈妈抢过去拦他，声音凄厉而哀伤。

红头道士、轿夫们、人群都拥过来抓住爸爸正要飞来的鞭子。

锣也停了。

爸爸被四个人牢牢抓住，他不说话，虎目如电穿刺我的全身。

四周是可怕的静寂。

我突然看见弟弟的脸在血红的火堆中燃烧，想起爸爸撑着猎枪掉泪的面影和他辛苦荷锄的身姿，我猛地站起，对爸爸大声说："我走，我走给你看，今天如果我不敢走这火堆，就不是你的囡仔。"

锣声缓缓响起。

几千只目光如炬注视。

我走上了火堆。

第一步跨上去，一道强烈的热流从我脚底窜进，贯穿了我的全身，我的汗水和泪水全滴在火上，一声嗤，一阵烟。

我什么都看不见，仿佛陷进一个神秘的围城，只听到远天深处传来弟弟轻声的耳语："走呀！走呀！"那是一段很短的路，而我竟完全不知它的距离，不知它的尽处，相思林尽头的阳光亮起，脚下的火也浑然或忘了。

踩到地的那一刻，土地的冰凉使我大吃一惊，嗬———声，全场的人都欢呼起来，爸爸妈妈早已等在这头，两个人抢抱着我，终于号啕地哭成一堆。打锣的人戏剧性地欢愉地敲着急速的锣鼓。

爸爸疯也似的紧抱我，像要勒断我的脊骨。

那一天，那过火的一天，我们快乐地流泪走回家。

到黑肚大溪，爸爸叫我独自涉水。

猛然间，我感到自己长大了。

童年过火的记忆像烙印一般影响了我整个生命的途程，日后我遇到人生的许多事都像过火一样，在启步之初，我们永远不知道能否安全抵达火毡的那一端，我们当然不敢相信有火神，我们会害怕、会无所适从、会畏惧受伤，但是人生的火一定要过、情感的火要过、欢乐与悲伤的火要过、沉定与激情的火要过、成功与失败的火要过。

我们不能退缩，因为我们要单独去过火，即使亲如父母，也有无能为力的时候。

# 白雪少年

　　我小学时代使用的一本汉语字典，被母亲细心地保存了十几年，最近才从母亲的红木书柜里找到。那本字典被小时候粗心的手指扯掉了许多页，大概是拿去折纸船或飞机了，现在怎么回想都记不起来，由于有那样的残缺，更使我感觉到一种任性的温暖。

　　更惊奇的发现是，在翻阅这本字典时，找到一张已经变了颜色的"白雪公主泡泡糖"的包装纸，那是一张长条的鲜黄色纸，上面用细线印了一个白雪公主的面相，于今看起来，公主的图样已经有一点粗糙简陋了。至于如何会将白雪公主泡泡糖的包装纸夹在字典里，更是无从回忆。

　　到底是在上语文课时偷偷吃泡泡糖夹进去的？是夜晚在家里温书吃泡泡糖夹进去的？还是有意地保存了这张包装纸呢？翻遍汉语字典也找不到答案。记忆仿佛自时空遁去，渺无痕迹了。

　　唯一记得的倒是那一种旧时乡间十分流行的泡泡糖，是粉红色长方形十分粗大的一块，一块五毛钱。对于长在乡间的小孩子，那时的五毛钱非常昂贵，是两天的零用钱，常常要咬紧牙根才买来一块，一嚼就是一整天，吃饭的时候把它吐在玻璃纸上包起，等吃过饭再放到口里嚼。

父亲看到我们那么不舍得一块泡泡糖，常生气地说："那泡泡糖是用脚踏车坏掉的轮胎做成的，还嚼得那么带劲！"记得我还傻气地问过父亲："是用脚踏车轮做的？怪不得那么贵！"惹得全家人笑得喷饭。

说是"白雪公主泡泡糖"，应该是可以吹出很大气泡的，却不尽然。吃那泡泡糖多少靠运气，记得能吹出气泡的大概五块里才有一块，许多是硬到吹弹不动，更多的是嚼起来不能结成固体，弄得一嘴糖沫，赶紧吐掉，坐着伤心半天。我手里的这一张可能是一块能吹出大气泡的包装纸，否则怎么会小心翼翼地夹作纪念呢？

我小时候并不是很乖巧的那种孩子，常常为着要不到两毛钱的零用就赖在地上打滚，然后一边打滚一边偷看母亲的脸色，直到母亲被我搞烦了，拿到零用钱，我才欢天喜地地跑到街上去，或者就这样跑去买了一个白雪公主，然后就嚼到天黑。

长大以后，再也没有在店里看过"白雪公主泡泡糖"，都是细致而包装精美的一片一片的"口香糖"；每一片都能嚼成形，每一片都能吹出气泡，反而没有像幼年一样能体会到买泡泡糖靠运气的心情。偶尔看到口香糖，还会想起童年，想起嚼白雪公主的滋味，但也总是一闪即逝，了无踪迹。直到看到汉语字典中的包装纸，才坐下来顶认真地想起白雪公主泡泡糖的种种。

如果现在还有那样的工厂，恐怕不再是用脚踏车轮制造，可能是用飞机轮子了——我这样游戏地想着。

那一本母亲珍藏十几年的汉语字典，薄薄的一本，里面缺页的缺页、涂抹的涂抹，对我已经毫无用处，只剩下纪念的价值。那一张泡泡糖的包装纸，整整齐齐，毫无毁损，却宝藏了一段十分快乐的记忆；使我想起真如白雪一样无瑕的少年岁月，因为它那样白那样纯净，几乎所有的事物都可以涵容。

那些岁月虽在我们的流年中消逝，但借着非常非常微小的事物，往往一勾就是一大片，仿佛是草原里的小红花，先是看到了那朵红花，然后发现了一整片大草原，红花可能凋落，而草原却成为一个大的背景，我们就在那背景里成长起来。

那朵红花不只是白雪公主泡泡糖，可能是深夜里巷底按摩人幽长的笛声，可能是收破铜烂铁老人沙哑的叫声，也可能是夏天里卖冰淇淋小贩的喇叭声……有一回我重读小学时看过的《少年维特的烦恼》，书里就曾夹着用歪扭字体写成的纸片，只有七个字："多么可怜的维特！"其实当时我哪里知道歌德，只是那七个字，让我童年伏案的身影整个显露出来，那身影可能和维特是一样纯情的。

有时候我不免后悔童年留下的资料太少，常想："早知道，我不会把所有的笔记簿都卖给收破烂的老人。"可是如果早知道，我就不是纯净如白雪的少年，而是一个多虑的少年了。那么丰富的资料原也不宜留录下来，只宜在记忆里沉潜，在雪泥中找到鸿爪，或者从鸿爪体会那一片雪。

　　这样想时，我就特别感恩着母亲。因为在我无知的岁月里，她比我更珍视我所拥有过的童年，在她的照相簿里，甚至还有我穿开裆裤的照片。那时的我，只有父母有记忆，对我是完全茫然了，就像我虽拥有白雪公主泡泡糖的包装纸，那块糖已完全消失，只留下一点甜意——那甜意竟也有赖母亲爱的保存。

# 飞入芒花

母亲蹲在厨房的大灶旁边,手里拿着柴刀,用力劈砍香蕉树多汁的草茎,然后把剁碎的小茎丢到灶中大锅,与馊水同熬,准备去喂猪。

我从大厅迈过后院,跑进厨房时正看到母亲额上的汗水反射着门口射进的微光,非常明亮。

"妈,给我两角钱。"我靠在厨房的木板门上说。

"走!走!走!没看到在没闲吗?"母亲头也没抬,继续做她的活儿。

"我只要两角钱。"我细声但坚定地说。

"要做什么?"母亲被我这异乎寻常的口气触动,终于看了我一眼。

"我要去买金啖。"金啖是三十年前乡下孩子唯一能吃到的糖,浑圆的,坚硬的糖球上面黏了一些糖粒。一角钱两粒。

"没有钱给你买金啖。"母亲用力地把柴刀剁下去。

"别人都有？为什么我们没有？"我怨愤地说。

"别人是别人，我们是我们，没有就是没有，别人做皇帝你怎么不去做皇帝！"母亲显然动了肝火，用力地剁香蕉块。柴刀砍在砧板上咚咚作响。

"做妈妈是怎么做的？连两角钱买金啖都没有？"

母亲不再作声，继续默默工作。

我那一天是吃了秤锤铁了心，冲口而出："不管，我一定要！"说着就用力踢厨房的门板。

母亲用尽力气，柴刀咔的一声站立在砧板上，顺手抄起一根生火的竹管，气急败坏地一言不发，劈头劈脑就打了下来。

我一转身，飞也似的蹦了出去，平常，我们一旦忤逆了母亲，只要一溜烟跑掉，她就不再追究，所以只要母亲一火，我们总是一口气跑出去。

那一天，母亲大概是气极了，并没有转头继续工作，反而快速地追了出来。我正奇怪的时候，发现母亲的速度异乎寻常地快，几乎像一阵风一样，我心里升起一种恐怖的感觉，想到脾气一向很好的母亲，这一次大概是真正生气了，万一被抓到一定会被狠狠打一顿。母亲很少打我们，但只要她动了手，必然会把我们打到讨饶为止。

边跑边想，我立即选择了那条火车路的小径，那是家附近比较复杂而难走的小路，整条都是枕木，铁轨还通过旗尾溪，悬空架在上面，我们天天都在这里玩耍，路径熟悉，通常母亲追我们的时候，我们就选这条路跑，母亲往往不会追来，而她也很少把气生到晚上，只要晚一点回家，让她担心一下，她气就消了，顶多也只是数落一顿。

那一天真是反常，母亲提着竹管，快步地跨过铁轨的枕木追过来，好像不追到我不肯罢休。我心里虽然害怕，却还是有恃无恐，因为我的身高已经长得快与母亲平行了，她即使用尽全力也追不上我，何况是在火车路上。

我边跑还边回头望母亲，母亲脸上的表情是冷漠而坚决的。我们一直维持着二十几米的距离。

"哎哟！"我跑过铁桥时，突然听到母亲惨叫一声，一回头，正好看到母亲扑跌在铁轨上面，噗的一声，显然跌得不轻。

我的第一个反应是：一定很痛！因为铁轨上铺的都是不规则的碎石子，我们这些小骨头跌倒都痛得半死，何况是妈妈？

我停下来，转身看母亲，她一时爬不起来，用力搓着膝盖，我看到鲜血从她的膝上流出，鲜红色的，非常鲜明。母亲咬着牙看我。

我不假思索地跑回去，跑到母亲身边，用力扶她站起，看到她腿上的伤势实在不轻，我跪下去说："妈，您打我吧！我错了。"

母亲把竹管用力地丢在地上，这时，我才看见她的泪从眼中急速地流出，然后她把我拉起，用力抱着我，我听到火车从很远很远的地方开过来。

我用力拥抱着母亲说："我以后不敢了。"

这是我小学二年级时的一幕，每次一想到母亲，那情景就立即回到我的心版，重新显影，我记忆中的母亲，那是她最生气的一次。其实，母亲是个很温和的人，她最不同的一点是，她从来不埋怨生活，很可能她心里也是埋怨的，但她嘴里从不说出，我这辈子也没听她说过一句粗野的话。

因此，母亲是比较倾向于沉默的，她不像一般乡下的妇人喋喋不休。这可能与她的教育与个性都有关系。在母亲的那个年代，她算是幸运的，因为受到初中的教育，日据时代的乡间能读到初中已算是知识分子了，何况是个女子。在我们那方圆几里内，母亲算是知识丰富的人，而且她写得一手娟秀的字，这一点是我小时候常引以为傲的。

我的基础教育都是来自母亲，很小的时候她就把三字经写在日历纸上让我背诵，并且教我习字。我如今写得一手好字就是受到她的影响，她常说："别人从你的字里就可以看出你的为人和性格了。"

早期的农村社会，一般孩子的教育都落在母亲的身上，因为孩子多，父亲光是养家已经没有余力教育孩子。我们很幸运的，有一位明理的、有知识的母亲。这一点，我的姊姊体会得更深刻，她考上大学的时候，母亲力排众议对父亲说："再苦也要让她把大学读完。"在二十年前的乡间，给女孩子去读大学是需要很大的决心与勇气的。

母亲的父亲——我的外祖父——在他居住的乡里是颇受敬重的士绅，日据时代在政府机构任职，又兼营农事，是典型耕读传家的知识分子。他连续拥有了八个男孩，晚年时才生下母亲，因此，母亲的童年与少女时代格外受到钟爱，我的八个舅舅时常开玩笑地说："我们八个兄弟合起来，还比不上你母亲的受宠爱。"

母亲嫁给父亲是"半自由恋爱"，由于祖父有一块田地在外祖父家旁，父亲常到那里去耕作，有时借故到外祖父家歇脚喝水，就与母亲相识，互相闲谈几句，生起一些情意。后来祖父央媒人去提亲，外祖父见父亲老实可靠，勤劳能负责任，就答应了。

父亲提起当年为了博取外祖父母和舅舅们的好感，时常挑着两百多斤的农作在母亲家前来回走过，才能顺利娶回母亲。

其实，父亲与母亲在身材上不是十分相配的，父亲是身高一米八的巨汉，母亲的身高只有一米五，相差达三十公分。我家有一幅他们的结婚照，母亲站着到父亲耳际，大家都觉得奇怪，问起来，才知道宽大的白纱礼服里放了一个圆凳子。

母亲是嫁到我们家才开始吃苦的，我们家的田原广大，食指浩繁，是当地少数的大家族。母亲嫁给父亲的头几年，大伯父二伯父相继过世，大伯母也随之去世，家外的事全由父亲撑持，家内的事则由二伯母和母亲负担，一家三十几口的衣食，加上养猪饲鸡，辛苦与忙碌可以想见。

我印象里还有几幕影像鲜明的静照，一幕是母亲以蓝底红花背巾背着我最小的弟弟，用力撑着猪栏要到猪圈里去洗刷猪的粪便。那时母亲连续生了我们六个兄弟姊妹，家事操劳，身体十分瘦弱。我小学一年级，么弟一岁，我常在母亲身边跟进跟出，那一次见她用力撑着跨过猪圈，我第一次体会到母亲的辛苦而落下泪来，如今那一条蓝底红花背巾的图案还时常浮现出来。

另一幕是，有时候家里缺乏青菜，母亲会牵着我的手，穿过家前的一片菅芒花，到番薯田里去采番薯叶，有时候则到溪畔野地去摘乌莘菜或芋头的嫩茎。有一次母亲和我穿过芒花的时候，我发现她和新开的芒花一般高，芒花雪样的白，母亲的发墨一般的黑，真是非常的美。那时感觉到能让母亲牵着手，真是天下最幸福的事。

还有一幕是，大弟因小儿麻痹死去的时候，我们都忍不住大声哭泣，唯有母亲以双手掩面悲号，我完全看不见她的表情，只见到她的两道眉毛一直在那里抽动。依照习俗，死了孩子的父母在孩子出殡那天，要用拐杖击打棺木，以责备孩子的不孝，但是母亲坚持不用拐杖，她只是扶着弟弟的棺木，默默地流泪，母亲那时的样子，到现在在我心中还鲜明如昔。

还有一幕经常上演的，是父亲到外面去喝酒彻夜未归，如果是夏日的夜晚，母亲就会搬着藤椅坐在晒谷场说故事给我们听，讲虎姑婆，或者孙悟空，讲到孩子都撑不开眼睛而倒在地上睡着。

有一回，她说故事到一半，突然叫起来说："呀！真美。"我们回过头去，原来是我们家的狗互相追逐跑进前面那一片芒花，栖在芒花里无数的萤火虫哗然飞起，满天星星点点，衬着在月下波浪一样摇曳的芒花，真是美极了。美得让我们都呆住了。我再回头，看到那时才三十岁的母亲，脸上流露着欣悦的光泽，在星空下，我深深觉得母亲是多么的美丽，只有那时母亲的美才配得上满天的萤火。

于是那一夜，我们坐在母亲身侧，看萤火虫一一地飞入芒花，最后，只剩下一片宁静优雅的芒花轻轻摇动，父亲果然未归，远处的山头晨曦微微升起，萤火在芒花中消失。

我和母亲的因缘也不可思议，她生我的那天，父亲急急跑出去请产婆来接生，产婆还没有来的时候我就生出来了，是母亲拿起床头的剪刀亲手剪断我的脐带，使我顺利地投生到这个世界。

年幼的时候，我是最令母亲操心的一个，她为我的病弱不知道流了多少泪，在我得急病的时候，她抱着我跑十几里路去看医生，是常有的事。尤其在大弟死后，她对我的照顾更是无微不至，我今天能有很棒的身体，是母亲在十几年间仔细调护的结果。

我的母亲是这个世界上无数的平凡人之一，却也是这个世界上无数伟大的母亲之一，她是那样传统，有着强大的韧力与耐力，才能从艰苦的农村生活过来，丝毫不怀忧怨恨。她们那一代的生活目标非常的单纯，只是顾着丈夫、照护儿女，几乎从没有想过自己的存在，在我的记忆中，母亲的忧病都是因我们而起，她的快乐也是因我们而起。

不久前，我回到乡下，看到旧家前的那一片芒花已经完全不见了，盖起一间一间的透天厝，现在那些芒花呢？仿佛都飞来开在母亲的头上，母亲的头发已经花白了，我想起母亲年轻时候走过芒花的黑发，不禁百感交集。尤其是父亲过世以后，母亲显得更孤单了，头发也更白了，这些，都是她把半生的青春拿来抚育我们的代价。

童年时代,陪伴母亲看萤火虫飞入芒花的星星点点,在时空无常的流变里也不再有了,只有当我望见母亲的白发时才想起这些,想起萤火虫如何从芒花中哗然飞起,想起母亲脸上突然绽放的光泽,想起在这广大的人间,我唯一的母亲。

# 梦之祭典

"先生，南澳到了，南澳到了。"我身边的少年摇着我的肩膀，用急切的声音唤醒我。我对他说谢谢，先前我请他到南澳时叫醒我，然后我就安心地睡去了。

客运车到南澳站停下时，我并没有下车，少年用不解的眼神看着我说："你不是要在南澳下车吗？"

"不，我要到东澳，请你在南澳叫醒我，是因为我希望在南澳与东澳之间保持清醒。"

"喔，你特别喜欢这一段路的风景吗？"少年问着。

我点头称是，其实并不特别是这样，但解释起来是非常麻烦的，少年也不会懂。我第一次到南澳，是少年一般的年纪，那时对社会与人群充满了奉献的热情，我是参加一个山地服务队来的，参加这种队伍的同学都是有着远方的梦想的人，一般的社团所享受的是权利，山地服务队所享受的是义务。

## 记忆中一朵五彩的花

　　南澳到东澳这一段路，是我奉献出少年热情的第一次，它在我的记忆中是一朵五彩的花，我每次在真实人生中遭遇冷漠与挫折时，那朵花会不知不觉地从记忆中开放出来，是的，我年轻的时候可以为人生理想的向往，完全地牺牲自己，现在的我，生命的基调并未改变，何以就不能在充满冷漠的世界，保持一己的热情？何以就不能在充满恨意的人群中，保持一己丝毫没有恨意的爱呢？然后，我就像坐在年轻时那朵五彩花之上，开向湛蓝的天、洁白的云，接受着只有高处才有的清凉而温柔的风。

　　在东澳下车，东澳小站的景致并没有太大的改变，仍存留着当年天真与朴素的气息，我漫无目的地在街道上走着，感觉到时光真是奇妙，时光固然无情，它往往会把一个社会一个时代无声地抛弃在它的轨道，但有时走在轨道上，我们会发现时光又回来了，陪伴着我们在记忆的铁轨上散步，并倾听我们曾经江湖寥落的声音。

　　我的东澳已经流走了，虽然我现在走在街上，我知道这已不是我的东澳了。当年与我一起到东澳的朋友已经星散，有的天涯流浪、有的儿女成行，大部分已经不通音问了，不知道他们可有重回旧地的经验，不过可以确定的是，如果他们回来，必然会像我现在这样，有一点点迷茫、一点点忧伤，以及一些重回记忆的喜悦。

　　绕过东澳国民小学，背后就是山了，我依循着记忆的海岸寻找从前的山路，然后就听见山涧的水声了，那水声虽然轻微，却是十分响亮,是从远处就一路呼唤过来的。正是野姜花与野百合盛开的季节,我很高兴经过这许多年,山里的花并未被采尽,这使得林子里除了草气,还有花的香味在其中流动。

从前,我们给山地孩子做完课业辅导后,这条山涧是我在黄昏最爱散步的地方,有时会有几个孩子陪伴我一起来,介绍我认识他们家乡里优美的山水,还有的孩子会采下百合和野姜花送给我,他们给我的花总使我感动,那里面有孩子无私的爱。

## 流水中美丽的花瓣

山地的孩子一般说来都是非常寂寞的,他们的父母通常会经过几次婚姻,而且为着最基本的生活,终日在外面劳苦地工作,有些做海员或卡车司机的父亲要一年半载才会见上孩子一面。因此山地的孩子就像山里草丛间的鹌鹑或林间飞跃的松鼠,幸而有这么秀美壮丽的大地抚育他们,弥补了他们在亲情方面的缺乏。

我如今走在山溪涧的小路,眼前就浮现那一双双黑白分明、美丽无比的大眼睛——山地人的眼睛是那么美丽,从他们是孩子一直到老去,总有一对晶明的眼睛——我想到十七年前那些我的小朋友们,现在,一定都是孔武有力的青年和亭亭玉立的少女了,可是在这个动荡悲哀的世界里,他们是怎么样去走自己的路呢?

亲爱的亮亮,从我的青年时代一直到现在经常思考的问题,就是如果这个社会对少数、弱小者、被遗弃的人多付出一些爱、关怀与责任，就会减少许多无辜的人走上悲惨的道路。我在二十岁的时候，曾到育幼院去义务教导孤儿读书、陪伴残障的孩子游戏；曾到少年监狱去倾听少年犯罪者如何步上邪曲的道路；曾到许多山地乡去义务服务，正是基于这样的信念。

可是如今回忆起来，青年时那样付出的爱，仿佛都是流水中美丽的花瓣，短暂而漂浮，这个社会并未因我们的奉献付出而改善，反而有日益颓废堕落的倾向。我知道，现在还有很多热血青年走上我当年的路，他们牺牲自己的假期与娱乐，希望对社会能有所贡献，但他们到了我这年纪回顾起来，心中又会有什么感触呢？

有一次在台北一家大饭店有喷泉的中庭里，我和一些中年的朋友喝咖啡，我谈起年轻时每个寒暑假都去做社会服务，尤其是在南澳东澳的一个月给我的生命带来许多深刻的启示。

## 无私的实践与付出

一位朋友说："你有没有想过当年教过的小孩子现在在哪里呢？我告诉你，一些女孩现在在都市的某些角落，出卖肉体；男孩呢，一些在建筑鹰架上做粗工、一些在远洋渔船做船员、一些在搬家公司每天帮别人搬着昂贵的家具……"他说了许多现在山地青年真实的处境，带着中年男子惯有的世故冷静的分析。我没有回答什么，只是陷进一种忧伤里面，以沉默来抗辩着。

另一位朋友帮我解围说："并不是每一位山地的孩子命运都是那

么悲惨的，像李泰祥、胡德夫、施孝荣……不都是这个社会的中坚吗？"

前面的朋友说："我说的不是这一部分呀！我要说的是大学生下乡的这一部分，到山地去服务的大学生，尤其是女大学生，都是爱心泛滥找不到出路的人，你们到山地服务，并不是真正去帮助山地孩子，而是在肯定自己的价值，寻找自己情感的定位，这是一种情结，对于到山地服务，去服务的人比起被服务的人意义要大得多呀！"朋友说完后，吐出一阵浓浓的烟，我们都随着那阵往大楼天顶飘去的烟，陷进了沉默。

朋友的话不是没有道理，想一想，我们青年时代，对这个社会的名利、权势、斗争，甚至整个社会的生存竞争与黑暗法则都没有认识，那时我们可以不计一切利害地投身到一般人认为没有意义的工作里，这一方面是在为人群服务，一方面何尝不是做自我价值的肯定呢？等到我们长大了，真正接触了这个社会，我们的价值观改变了，我们的热情冷淡了，我们远方的梦被近在眼前的现实改变了，我们就变得再也不可能那样子去付出、去实践！

正如朋友说的："一个做官的人在写一行字的时候，比起你们千万个大学生到山地去服务，力量还大得多。"

真的是如此吗？那么，做官的人不曾是大学生吗？不曾是年轻人吗？不曾怀抱救世之志与淑世的热情吗？这些答案都是肯定的，可是为何我们还不能真正来关心、解决弱小者悲剧而命定的道路呢？

## 自在放怀地盛开

亲爱的亮亮，我从不曾否定年轻时代的奉献，因为那时最纯真，没有一丝杂质，就仿佛从水晶矿脉中挖出来最美丽的紫水晶，虽不免有各种棱角，却是最耀眼地从内部深处亮出光采，即使在夜色中也不会被淹没。但更重要的是，应该这热情永不失去，从学校毕业后，难道我们就不能一如当年，继续无私地为人群的幸福献身吗？也许，千万个大学生的热情还不如官员的一行字，但在热情埋种的时候，我相信，埋种的人与被埋种的田地，同样能感受到人，或者天地的温情。

也许，我们不能转动世界，但，亮亮，我们纯真的情操不应随世界的黑暗转动。就像这一刻我在山中独自行走，我肯定了一点：假如在人生的道途上，我们找不到更好或相等的旅伴，我们宁可单独前进，也不要与愚痴冷漠的人做伴，让自己也成为愚痴冷漠的人。

我摘取了一株盛开的野姜花，并仔细地品味着那孤傲的浓挚的香气，我知道，纵使全世界的人都不能欣赏这株野姜花，它也一样会在山林中自在放怀地盛开，扬散自己的香，不怀一丝遗憾。我从前写过两句话给你："有麝自然香，何必当风扬？"若我们心中自有麝香，不必把这香站在风头洒出，期待这世界的人都能闻到呀！

黄昏的时候，我回到小街找到一间洁净的旅舍住宿，有床铺、有浴缸和马桶，这令我想起十七年前住的旅店，八人一间，房间内充满着汗水与血泪岁月交织的酸臭味，墙壁上血迹斑斑，是蚊子与臭虫被拧死留下来的血迹，洗澡是在室外的古井边，几个人围成一圈，在寒风中把水打上来冲洗年轻而洁白的身躯，那间旅舍住着各式各样劳苦的人，每天的住宿费是新台币十元，我到现在还清清楚楚记得那时的景况，如今想起来，是多么令人怀念呀！那样简陋的旅舍，如今在偏远的东部，也像梦一般，再也寻找不到了。

## 在我心中有许多星星

刚刚我到街上去散步，海风从不远的海边吹来，街上的人都已经关灯睡眠，一条街突然大了好几倍，变得空旷而广渺起来，满空的星星明亮着，细细的光明洒落在小路与山林之间。我站在街路的正中央，想到自己走过的路就像这东部海岸的小路，空旷而广渺，但我深切地知道，在我的心中有许多星，永远为我照路。

亲爱的亮亮，我现在洗过一个热水澡，坐在旅舍的小桌旁给你写信，虫声与蛙鸣为我伴奏，在夜色的远山之中，我永远都会记得山里有我年轻时的梦，这一次回到东澳，就仿佛是为我的青年时代做一次丰年祭，我们从幼小到成长的岁月总会过去的，那过去的岁月就像昨夜的梦、去年的残雪，伴着热血所弹奏的琴声，玲玲琮琮地在溪水里流得远了。

但，如果我们青年时代舍不得付出，到壮年中年，甚至老年时代，我们面对这广大的天地，我们是不是能平心静气地说"该走的路，我已走过"呢？

　　我耳畔想起当年丰年祭时，山地人热情澎湃的鼓声与歌咏，山地人的祖先曾在这块土地流血流汗，与恶劣的环境抗争，与我们可敬的祖先一样。可是他们的鼓声日弱，歌声渐远，我们应该如何来与他们并肩，创造一个平等、和谐的时代呢？

　　亮亮，有时只是抬头看着山线、海线、地平线，我的心就会起伏不已，你还如此年轻，你能理解吗？

# 红心番薯

看我吃完两个红心番薯，父亲才放心地起身离去，走的时候还落寞地说："为什么不找个有土地的房子呢？"

这次父亲北来，是因为家里的红心番薯收成，特地背了一袋给我，还挑选几个格外好的，希望我种在庭前的院子。他万万没有想到，我早已从郊外的平房搬到城中的大厦，根本是容不下绿色的地方，甚至长不出一株狗尾草，不要说番薯了。

到车站接了父亲回到家里，我无法形容父亲的表情有多么近乎无望。他在屋内转了三圈，才放下提着的麻袋，愤愤地说："伊娘咧！你竟住在无土的所在！"一个人住在脚踏不到泥土的地方，父亲竟不能忍受，也是我看到他的表情才知道的。然后他的愤愤转成喃喃："你住在这种上不着天下不落地的所在，我带来的番薯要种在哪里？要种在哪里？"

父亲对番薯的感情，也是这两年我才深切知道的。

那是有一次我站在旧家前，看着河堤延伸过来的菅芒花，在微凉秋风中摇动着，那些遍地蔓生的菅芒长得有一人高，我看到较近的菅芒摇动得特别厉害，凝神注视，才突然看到父亲走在那一片菅芒里，我大吃一惊。原来父亲的头发和秋天灰白的菅芒花是同一个颜色，他在遍生菅芒的野地里走了几百公尺，我竟未能看见。

那时我站在家前的番薯田里，父亲来到我的面前，微笑地问："在看番薯吗？你看长得像羊头一样大了哩！"说着，他蹲下来很细心地拨开泥土，捧出一个精壮圆实的番薯来，以一种赞叹的神情注视着番薯。我带着未能在苇芒花中看见父亲身影的愧疚心情，与他面对面蹲着。父亲突然像儿童天真欢愉地叹了一口气，很自得地说："你看，恐怕没有人番薯种得比我好了。"然后他小心翼翼把那个番薯埋入土中，动作像在收藏一件艺术品，神情庄重而带着收获的欢愉。

父亲的神情使我想起幼年有关于番薯的一些记忆。有一次我和几位内地的小孩子吵架，他们一直骂着："番薯呀！番薯呀！"我们就回骂："老芋呀！老芋呀！"

对这两个名词我是疑惑的，回家询问了父亲。那天他喝了几杯老酒，神情至为愉快，他打开一张老旧的地图，指着台湾的那一部分说："台湾的样子真是像极了红心的番薯，你们是这番薯的子弟呀！"而无知的我便指着北方广大的内地说："那，这大陆的形状就是一个大的芋头了，所以内地人是芋仔的子弟？"父亲大笑起来，抚着我的头说："憨囝仔，我们也是内地来的，只是来得比较早而已。"

然后他用一支红笔，从我们遥远的北方故乡有力地画下来，牵连到我们所居的台湾南部。那是第一次在十烛光的灯泡下，我认识到，芋头与番薯原来是极其相似的植物，并不是我们想象中那么判然有别的。也第一次知道，原来在东北会落雪的故乡，也遍生着红心的番薯！

我更早的记忆，是从我会吃饭开始的。家里每次收成番薯，总是保留一部分填置在木板的眠床底下。我们的每餐饭中一定煮了三分之一的番薯，早晨的稀饭里也放了番薯签，有时吃腻了，我就抱怨起来。

听完我的抱怨，父亲就激动地说起他少年的往事。他们那时为了躲警报，常常在防空壕里一窝就是一整天。所以祖母每每把番薯煮好放着，一旦警报声响，父亲的九个兄弟姊妹就每人抱两三个番薯直奔防空壕，一边啃番薯，一边听飞机和炮弹在四处交响。他的结论常常是："那时候有番薯吃，已经是天大的幸福了。"他一说完这个故事，我们只好默然把番薯扒到嘴里去。

父亲的番薯训诫并不是寻常都如此严肃，偶尔也会说起战前在日本人的小学堂中放屁的事。由于吃多了番薯，屁有时是忍耐不住的，当时吃番薯又是一般家庭所不能免，父亲形容说："因此一进了教室往往是战云密布，不时传来屁声。"而他说放屁是会传染的，常常一呼百诺，万众皆响。有一回屁得太厉害，全班被日本老师罚跪在窗前，即使跪着，屁声仍然不断。父亲顽笑地说："经过跪的姿势，屁声好像更响了。"他说这些的时候，我们通常就吃番薯吃得比较甘心，放起屁来也不以为忤了。

然后是一阵战乱，父亲到南洋打了几年仗。在丛林之中，时常从

45

睡梦中把他唤醒，时常让他在思乡时候落泪的，不是别的珍宝，只是普普通通的红心番薯。它烤炙过的香味，穿过数年的烽火，在万金家书也不能抵达的南洋，温暖了一位年轻战士的心，并呼唤他平安地回到家乡。他有时想到番薯的香味，一张像极番薯形状的台湾地图就清楚地浮现，思绪接着往南方移动，再来的图像便是温暖的家园，还有宽广无边结满黄金稻穗的大平原……

战后返回家乡，父亲的第一件事便是在家前家后种满了番薯，日后遂成为我们家的传统。家前种的是白瓢番薯，粗大壮实，可以长到十斤以上一个；屋后一小片园地是红心番薯，一串一串的果实，细小而甜美。白瓢番薯是为了预防战争逃难而准备的，红心番薯则是父亲南洋梦里的乡思。

每年父亲从南洋归来的纪念日，夜里的一餐我们通常不吃饭，只吃红心番薯，听着父亲诉说战争的种种，那是我农夫父亲的忧患意识。他总是记得饥饿的年代番薯是可以饱腹的，如今回想起来，一家人围着小灯食薯，那种景况我在凡·高的名画《食薯者》中几乎看见。在沉默中，是庄严而肃穆的。

在这个近百年来中国最富裕的此时此地，父亲的忧患想来恍若一个神话。大部分人永远不知有枪声，只有极少数经过战争的人，在他们的心底有一段番薯的岁月，那岁月里永远有枪声时起时落。

由于有那样的童年，日后我在各地旅行的时候，便格外留心番薯的踪迹。我发现在我们所居的这张番薯形状的地图上，从最北角到最南端，从山坡上干瘠的石头地到河岸边肥沃的沙埔，番薯都能够坚强地、不经由任何肥料与农药而向四方生长，并结出丰硕的果实。

有一次，我在澎湖人迹已经迁徙的无人岛上，看到人所耕种的植物都被野草吞灭了，只有遍生的番薯还和野草争着方寸，在无情的海风烈日下开出一片淡红的晨曦颜色的花，而且在最深的土里，各自紧紧握着拳头。那时我知道在人所种植的作物之中，番薯是最强悍的。

这样想着，幼年家前家后的番薯花突然在脑中闪现，番薯花的形状和颜色都像牵牛花，唯一不同的是，牵牛花不论在篱笆上，在阴湿的沟边，都是抬头挺胸，仿佛要探知人世的风景；番薯花则通常是卑微地依着土地，好像在嗅着泥土的芳香。在夕阳将下之际，牵牛花开始萎落，而那时的番薯花却开得正美，淡红夕云一样的色泽，染满了整片土地。

正如父亲常说，世界上没有一种植物比得上番薯，它从头到脚都有用，连花也是美的。现在连台北最干净的菜场也卖有番薯叶子的青菜，价钱还颇不便宜。有谁想到这在乡间是最卑贱的菜，是逃难的时候才吃的？

在我居住的地方，巷口本来有一位卖糖番薯的老人，一个滚圆的大铁锅，挂满了糖渍过的番薯，开锅的时候，一缕扑鼻的香味由四面扬散出来，那些番薯是去皮的、长得很细小，却总像记录着什么心底的珍藏。有时候我向老人买一个番薯，散步回来时一边吃着，那蜜一样的滋味进了腹中，却有一点酸苦，因为老人的脸总使我想起在烽烟奔走过的风霜。

　　老人是离乱中幸存的老兵，家乡在山东偏远的小县。有一回我们为了地瓜问题争辩起来，老人坚持台湾的红心番薯如何也比不上他家乡的红瓤地瓜，他的理由是："台湾多雨水，地瓜哪有俺家乡的甜？俺家乡的地瓜真是甜得像蜜的！"老人说话的神情好像当时他已回到家乡，站在地瓜田里。看着他的神情，使我想起父亲和他的南洋，他在烽火中的梦，我乃真正知道，番薯虽然卑微，它却连结着乡愁的土地，永远在乡思的天地里吐露新芽。

　　父亲送我的红心番薯过了许久，有些要发芽的样子，我突然想起在巷口卖糖番薯的老人，便提去巷口送他，没想到老人改行卖牛肉面了，我说："你为什么不卖地瓜呢？"老人愕然地说："唉！这年头，人连米饭都不肯吃了，谁来买俺的地瓜呢？"我无奈地提番薯回家，把番薯袋子丢在地上，一个番薯从袋口跳出来，破了，露出其中的鲜红血肉。这些无知的番薯，为何经过卅年，心还是红的！不肯改一点颜色？

　　老人和父亲生长在不同背景的同一个年代，他们在颠沛流离的大时代里，只是渺小而微不足道的人，可能只有那破了皮的红心番薯才能记录他们心里的颜色；那颜色如清晨的番薯花，在晨曦掩映的云彩中，曾经欣欣地茂盛过，曾经以卑微的球根累累互相拥抱、互相温暖，他们之所以能卑微地活过人世的烽火，是因为在心底的深处有着故乡的骄傲。

站在阳台上,我看到父亲去年给我的红心番薯,我任意种在花盆中,放在阳台的花架上,如今,它的绿叶已经长到磨石子地上,甚至有的伸出阳台的栏杆,仿佛在找寻什么。每一丛红心番薯的小叶下都长出根的触须,在石地板久了,有点萎缩而干枯了。那小小的红心番薯竟是在找寻它熟悉的土地吧!因为土地,我想起父亲在田中耕种的背影,那背影的远处,是他从芦苇丛中远远走来,到很近的地方,花白的发,冒出了苇芒。为什么番薯的心还红着,父亲的发竟白了。

在我十岁那年,父亲首次带我到都市来,我们行经一片被拆除公寓的工地,工地堆满了砖块和沙石;父亲在堆置的砖块缝中,一眼就辨认出几片番薯叶子,我们循着叶子的茎络,终于找到一株几乎被完全掩埋的根,父亲说:"你看看这番薯,根上只要有土,它就可以长出来。"然后他没有再说什么,执起我的手,走路去饭店参加堂哥隆重的婚礼。如今我细想起来,那一株被埋在建筑工地的番薯,是有着逃难的身世,由于它的脚在泥土上,苦难也无法掩埋它,比起这些种在花盆中的番薯,它有着另外的命运和不同的幸福,就像我们远离了百年的战乱,住在看起来隐密而安全的大楼里,却有了失去泥土的悲哀——伊娘咧!你竟住在无土的所在。

星空夜静,我站在阳台上仔细端凝盆中的红心番薯,发现它吸收了夜的露水,在细瘦的叶片上,片片冒出了水珠,每一片叶都沉默地小心地呼吸着。那时,我几乎听到了一个有泥土的大时代,上一代人的狂歌与低吟都埋在那小小的花盆,只有静夜的敏感才能听见。

# 期待父亲的笑

父亲躺在医院的加护病房里,还殷殷地叮嘱母亲不要通知远地的我,因为他怕我在台北工作担心他的病情。还是母亲偷偷叫弟弟来通知我,我才知道父亲住院的消息。

这是典型的父亲的个性,他是不论什么事总是先为我们着想,至于他自己,倒是很少注意。我记得在很小的时候,有一次父亲到凤山去开会,开完会他到市场去吃了一碗肉羹,觉得是很少吃到的美味,他马上想到我们,先到市场去买了一个新锅,买一大锅肉羹回家。当时的交通不发达,车子颠踬得厉害,回到家时肉羹已冷,且溢出了许多,我们吃的时候已经没有父亲所形容的那种美味。可是我吃肉羹时心血沸腾,特别感到那肉羹是人生难得,因为那里面有父亲的爱。

在外人的眼中,我的父亲是粗犷豪放的汉子,只有我们做子女的知道他心里极为细腻的一面。提肉羹回家只是一端,他不管到什么地方,有好的东西一定带回给我们,所以我童年时代,父亲每次出差回来,总是我们最高兴的时候。

他对母亲也非常的体贴，在记忆里，父亲总是每天清早就到市场去买菜，在家用方面也从不让母亲操心。这三十年来我们家都是由父亲上菜场，一个受过日式教育的男人，能够这样内外兼顾是很少见的。

　　父亲的青壮年时代虽然受过不少打击和挫折，但我从来没有看过父亲忧愁的样子。他是一个永远向前的乐观主义者，再坏的环境也不皱一下眉头，这一点深深地影响了我，我的乐观与韧性大部分得自父亲的身教。父亲也是个理想主义者，这种理想主义表现在他对生活与生命的尽力，他常说："事情总有成功和失败两面，但我们总是要往成功的那个方向走。"

　　由于他的乐观和理想主义，使他成为一个温暖如火的人，只要有他在就没有不能解决的事，就使我们对未来充满了希望。他也是个风趣的人，再坏的情况下，他也喜欢说笑，他从来不把痛苦给人，只为别人带来笑声。

　　小时候，父亲常带我和哥哥到田里工作，透过这些工作，启发了我们的智慧。例如我们家种竹笋，在我没有上学之前，父亲就曾仔细地教我怎么去挖竹笋，怎么看土地的裂痕，才能挖到没有出青的竹笋。二十年后我到竹山去采访笋农，曾在竹笋田里表演了一手，使得笋农大为佩服。其实我已二十年没有挖过笋，却还记得父亲教给我的方法，可见父亲的教育对我影响多么大。

　　由于是农夫，父亲从小教我们农夫的本事，并且认为什么事都应从农夫的观点出发。像我后来从事写作，刚开始的时候，父亲就常

51

说:"写作也像耕田一样,只要你天天下田,就没有不收成的。"他也常叫我不要写政治文章,他说:"不是政治性格的人去写政治文章,就像种稻子的人去种槟榔一样,不但种不好,而且常会从槟榔树上摔下来。"他常教我多写些于人有益的文章,少批评骂人,他说:"对人有益的文章是灌溉施肥,批评的文章是放火烧山;灌溉施肥是人可以控制的,放火烧山则常常失去控制,伤害生灵而不自知。"他叫我做创作者,不要做理论家,他说:"创作者是农夫,理论家是农会的人。农夫只管耕耘,农会的人则为了理论常会牺牲农夫的利益。"

父亲的话中含有至理,但他生平并没有写过一篇文章。他是用农夫的观点来看文章,每次都是一语中的,意味深长。

有一回我面临了创作上的瓶颈,回乡去休息,并且把我的苦恼说给父亲听。他笑着说:"你的苦恼也是我的苦恼,今年香蕉收成很差,我正在想明年还要不要种香蕉,你看,我是种好呢?还是不种好?"我说:"你种了四十多年的香蕉,当然还要继续种呀!"

他说:"你写了这么多年,为什么不继续呢?年景不会永远坏的。""假如每个人写文章写不出来就不写了,那么,天下还有大作家吗?"

我自以为在写作上十分用功,主要是因为我生长在世代务农的家庭。我常想:世上没有不辛劳的农人,我是在农家长大的,为什么不能像农人那么辛劳?最好当然是像父亲一样,能终日辛劳,还能利他无我,这是我写了十几年文章时常反躬自省的。

母亲常说父亲是劳碌命，平日总闲不下来，一直到这几年身体差了还时常往外跑，不肯待在家里好好地休息。父亲最热心于乡里的事，每回拜拜他总是拿头旗、做炉主，现在还是家乡清云寺的主任委员。他是那一种有福不肯独享，有难愿意同当的人。

他年轻时身强体壮，力大无穷，每天挑两百斤的香蕉来回几十趟还轻松自在。我最记得他的脚大得像船一样，两手摊开时像两个扇面。一直到我上初中的时候，他一手把我提起还像提一只小鸡，可是也是这样棒的身体害了他，他饮酒总不知节制，每次喝酒一定把桌底都摆满酒瓶才肯下桌，喝一打啤酒对他来说是小事一桩，就这样把他的身体喝垮了。

在六十岁以前，父亲从未进过医院，这三年来却数度住院，虽然个性还是一样乐观，身体却不像从前硬朗了。这几年来如果说我有什么事放心不下，那就是操心父亲的健康，看到父亲一天天消瘦下去，真是令人心痛难言。

父亲有五个孩子，这里面我和父亲相处的时间最少，原因是我离家最早，工作最远。我十五岁就离开家乡到台南求学，后来到了台北，工作也在台北，每年回家的次数非常有限。近几年结婚生子，工作更加忙碌，一年更难得回家两趟，有时颇为自己不能孝养父亲感到无限愧疚。父亲很知道我的想法，有一次他说："你在外面只要向上，做个有益社会的人，就算是有孝了。"

母亲和父亲一样，从来不要求我们什么，她是典型的农村妇女，一切荣耀归给丈夫，一切奉献都给子女，比起他们的伟大，我常觉得自己的渺小。

我后来从事报道文学，在各地的乡下人物里，常找到父亲和母亲的影子，他们是那样平凡、那样坚强，又那样的伟大。我后来的写作里时常引用村野百姓的话，很少引用博士学者的宏论，因为他们是用生命和生活来体验智慧，从他们身上，我看到了最伟大的情操，以及文章里最动人的质素。

我常说我是最幸福的人，这种幸福是因为我童年时代有好的双亲和家庭，我青少年时代有感情很好的兄弟姊妹；进入中年，有了好的妻子和好的朋友。我对自己的成长总抱着感恩之心，当然这里面最重要的基础是来自于我的父亲和母亲，他们给了我一个乐观、关怀、良善、进取的人生观。

我能给他们的实在太少了，这也是我常深自忏悔的。有一次我读到《佛说父母恩重难报经》，佛陀这样说：

假使有人，为于爹娘，手持利刀，割其眼睛，献于如来，经百千劫，犹不能报父母深恩。

假使有人，为于爹娘，亦以利刀，割其心肝，血流遍地，不辞痛苦，经百千劫，犹不能报父母深恩。

假使有人，为于爹娘，百千刀戟，一时刺身，于自身中，左右出入，经百千劫，犹不能报父母深恩……

读到这里，不禁心如刀割，涕泣如雨。这一次回去看父亲的病，想到这本经书，在病床边强忍着要落下的泪，这些年来我是多么不孝，陪伴父亲的时间竟是这样的少。

母亲也是，有一位也在看护父亲的郑先生告诉我："要知道你父亲的病情，不必看你父亲就知道了，只要看你妈妈笑，就知道病情好转，看你妈妈流泪，就知道病情转坏，他们的感情真是好。"为了看顾父亲，母亲在医院的走廊打地铺，几天几夜都没能睡个好觉。父亲生病以后，她甚至还没有走出医院大门一步，人瘦了一圈，一看到她的样子，我就心疼不已。

我每天每夜向菩萨祈求，保佑父亲的病早日康健，母亲能恢复以往的笑颜。

这个世界如果真有什么罪业，如果我的父亲有什么罪业，如果我的母亲有什么罪业，十方诸佛、各大菩萨，请把他们的罪业让我来承担吧，让我来背父母亲的业吧！

但愿，但愿，但愿父亲早日康复。以前我在田里工作的时候，看我不会农事，他会跑过来拍我的肩说："做农夫，要做第一流的农夫；想写文章，要写第一流的文章；要做人，要做第一等人。"然后觉得自己太严肃了，就说："如果要做流氓，也要做大尾的流氓呀！"然后父子两人相顾大笑，笑出了眼泪。

我多么怀念父亲那时的笑。

也期待再看父亲的笑。

# 水终有澄澈的一天

在我童年居住的三合院,沿着屋檐滴水的沟槽下,摆了一排大水缸。

水缸有半人高,缸口大到双手环抱,是为了接盛从屋顶上流下来的雨水。从前的乡下没有自来水,必须寻求各种水源:一方面凿井而饮;一方面到河边挑水灌溉;下雨天蓄在水缸的水,则用来洗衣洗澡,这样不但可以惜福,还能减轻到河边挑水的负累。

刚下过雨的水缸是浑浊的,放一些明矾进去,等个两三天,水就会慢慢地澄澈。

由于要让水澄清很难,需要很长的时间,但使水浑浊却只要一下子,因此,妈妈严格规定我们不能去玩水缸的水。玩水的后果就是在水缸边罚站。

"不可以玩水缸的水。"不只是我们家的规矩,乡下三合院的孩子全都知道这个教训。

但是,不玩自己家的水,并不表示不玩别人家的水。

我们家正好在去中学必经的路上，每天有成千上百的学生走过。有一些喜欢恶戏的孩子，路过的时候就会突然冲进院子，每个水缸都搅一下，然后呼啸着跑走。

这可恶的举动，使我们又愤慨，又紧张。为了防止水被弄浑，我们终日都坐在院子里，等待恶戏的孩子。

但是，我们也不可能整天坐在院子里，有时要上学，有时要工作，一旦稍有疏忽，孩子们就冲进来把水弄浑。

这使我们更陷入痛苦之中。

妈妈看我们被几缸水弄得心神不宁，就安慰我们："你们的心比水缸的水还容易被混乱。那些恶作剧的孩子，你们越在乎，他们就越喜欢；如果不理他们，时间一久，就没什么好玩了。你们各人去做该做的事，不要管水。水，终有澄清的一天。"

我们听了妈妈的话，该上学的上学、该工作的工作，不再理会恶戏的孩子。他们也很快就失去兴趣，水，也自然地澄清了。

"水，终有澄清的一天。"妈妈的教诲，常常在我被误解、扭曲、诬陷的时刻，从水缸中浮现出来。我们的心像水一样容易被混乱，但在混乱之际，不需要过度的紧张与辩白，需要的是安静如实的生活。当我们的心清明，水缸的水自然就澄清了。

至今，我每次走过乡下的三合院，童年院子里的水缸历历在目，就会想到一个洁身自爱的人，心境就如水缸里的水，来自天地，自然澄清。生命中的曲解无明，是一时一地的，智慧与情境的清明追求，却是生生世世的。

　　一秒钟的混乱，可能要三天才能清明，但只要我们一直迈向更高的境界，水，终有澄清的一天。

/林清玄散文精选/

# 温一壶月光下酒

把初恋的温馨用一个精致的琉璃盒子盛装,
等到青春过尽垂垂老矣的时候,掀开盒盖,
扑面一股热流,足以使我们老怀堪慰。
这其中还有许多意想不到的情趣,
譬如将月光装在酒壶里,用文火一起温来喝……
此中有真意,乃是酒仙的境界。

# 阳光的味道

尘世的喧嚣，让我们遗忘了阳光的味道，味道是一样的纯净着，一样的微小，一丝丝，入心、入肺。甘甜、芬芳、怡人。阳光的味道很干净和唯美，像川端的小说，透明、简洁、历练。行走在世上，许多靶子等待我们绷紧的箭矢去努力地命中。心里装满太多的世故与烦忧，幸福的位置，也就变得小了，或者卑微到忽略不计。

很向往年关过后的冬日，抱着一本书躺在黄河大堤南的草丛中晒太阳的时光。一大片一大片衰败的堤草向云海深处铺展延伸。有几个牧羊人躺在草丛中，他们丝毫不觉得冷。我便停止了脚步，眷恋着这片草，还有草上特定的阳光。这就是冬天的太阳，静悄悄地释放着能量。

我选了一片草色稠密的空地躺了下来。从黄河边吹过的风夹杂着些许凉意，我抱着膝抬起头让脸感受阳光，紧闭着的眼前一片红色。渐渐我感受到了暖暖的光，不是隐隐的烫，是静静的暖。静静的，温柔的，使我沉浮的心也静了下来。

## 阳光的味道

等待返青的草丛中慢慢流溢着阳光味，香香的，暖暖的，轻轻的，柔柔的，从我的发梢、肩膀、衣服，从我目光所触的护堤杨树上浓厚着、流逸着。我的心域泛起春天般明媚、柔和的气息。温润、甜美。小时候，就是这样静静地追随着这片阳光，嗅着他们身上阳光的味道，温暖着幸福着？

冬天的太阳这么美好，阳光下的一切都那么金灿灿的、暖烘烘的，更懒洋洋的。我终于卸下了尘土般的疲惫，让自己也变得懒洋洋的。和这水涟一起发呆，发笑。

临近中午了，我突然发现阳光变得耀眼，也变烫了。中午的阳光愈发的暖和，泛白的草尖上闪烁着金灿灿的光芒，空气里回旋着温热的气息。阳光的味道最浓烈处就是这村庄的味道，村庄的味道，乡情的味道，给予你身躯和血脉相牵的亲人的味道。

驱走一切发呆以外的多余的动作，竟然这么美妙，这么简单。就是晒晒冬天的太阳，只是这么简单。自然地翻几页书，或慵懒得像只蜷曲的猫儿，原来有时候异于人类的动物更会享受生活。忙碌的我们还是给自己些时间享受纯本的生活吧，也许会领悟到另一种幸福。

尽管冬日的阳光也只有短短的一个季节，也许你应该感恩于它对你的磨练，也许你应该感激它让你发觉了自己原来还有脆弱的一面。阳光的味道，磨练的味道，人生的味道。春天的阳光会融化你冷漠的心灵，夏天的阳光考验你执着的深度，秋天的阳光透射生命的颜色，冬日的阳光告知还要从头再来。

在岁月面前,我无法在成功的喜悦中徜徉,却对失败的痛楚耿耿于怀。我看不见梨花黄昏后的一树辉煌与美丽灿烂,却看见残景雨凄凉;我看不见晨曦清风醉,却看见梦里落叶飞。人生的秋天本是褪色的季节,心里眼里保持着原状原色的东西又能有多少呢?后来,我终于学会了在每一个有阳光灿烂的日子里体味阳光的味道,我终于知道那种味道其实是一种自强、淡泊、宽容的心情。

我喜欢阳光的味道,我喜欢爱与被爱,因为阳光的味道和爱一样透明!

# 幸福的开关

一直到现在，我每看到在街边喝汽水的孩童，总会多注视一眼。而每次走进超级市场，看到满墙满架的汽水、可乐、果汁饮料，心里则颇有感慨。

看到这些，总令我想起童年时代想要喝汽水而不可得的景况，在台湾初光复不久的那几年，乡间的农民虽不致饥寒交迫，但是想要三餐都吃饱似乎也不太可得，尤其是人口众多的家族，更不要说有什么零嘴饮料了。

我小时候对汽水有一种特别奇妙的向往，原因不在汽水有什么好喝，而是由于喝不到汽水。我们家是有几十口人的大家族，小孩依大排行就有十八个之多，记忆里东西仿佛永远不够吃，更别说是喝汽水了。

喝汽水的时机有三种，一种是喜庆宴会，一种是过年的年夜饭，一种是庙会节庆。即使有汽水，也总是不够喝，到要喝汽水时好像进行一个隆重的仪式，十八个杯子在桌上排成一列，依序各倒半杯，几乎喝一口就光了,然后大家舔舔嘴唇,觉得汽水的滋味真是鲜美。

有一回,我走在街上的时候,看到一个孩子喝饱了汽水,站在屋檐下呕气,呕——长长的一声,我站在旁边简直看呆了,羡慕得要死掉,忍不住忧伤地自问道:什么时候我才能喝汽水喝到饱?什么时候才能喝汽水喝到呕气?因为到读小学的时候,我还没有尝过喝汽水喝到呕气的滋味,心想,能喝汽水喝到把气呕出来,不知道是何等幸福的事。

当时家里还点油灯,灯油就是煤油,闽南语称作"臭油"或"番仔油"。有一次我的母亲把臭油装在空的汽水瓶里,放置在桌脚旁,我趁大人不注意,一个箭步就把汽水瓶拿起来往嘴里灌,当场两眼翻白、口吐白沫,经过医生的急救才活转过来。为了喝汽水而差一点丧命,后来成为家里的笑谈,却并没有阻绝我对汽水的向往。

在小学三年级的时候,有一位堂兄快结婚了,我在他结婚的前一晚竟辗转反侧地失眠了,我躺在床上暗暗地发愿:明天一定要喝汽水喝到饱,至少喝到呕气。

第二天我一直在庭院前窥探,看汽水送来了没有。到上午九点多,看到杂货店的人送来几大箱的汽水,堆叠在一处,我飞也似的跑过去,提了两大瓶的黑松汽水,就往茅房跑去。彼时农村的厕所都盖在远离住屋的几十米之外,有一个大粪坑,几星期才清理一次,我们小孩子平时是很恨进茅房的,卫生问题通常是就地解决,因为里面实在太臭了。但是那一天我早计划好要在里面喝汽水,那是家里唯一隐秘的地方。

我把茅房的门反锁,接着打开两瓶汽水,然后以一种虔诚的心情,把汽水咕嘟咕嘟地往嘴里灌,就像灌蟋蟀一样,一瓶汽水一会儿就喝光了,几乎一刻也不停地,我把第二瓶汽水也灌进腹中。

我的肚子整个胀起来,我安静地坐在茅房地板上,等待着呕气,慢慢地,肚子有了动静,一股沛然莫之能御的气翻涌出来,呕——汽水的气从口鼻冒了出来,冒得我满眼都是泪水,我长长地叹了一口气:"这个世界上再也没有比喝汽水喝到呕气更幸福的事了吧!"然后朝圣一般打开茅房的木栓,走出来,发现阳光是那么温暖明亮,好像从天上回到了人间。

## 每一粒米都充满幸福的香气

在茅房喝汽水的时候,我忘记了茅房的臭味,忘记了人间的烦恼,觉得自己是世上最幸福的人,一直到今天我还记得那年叹息的情景,当我重复地说:"这个世界上再也没有比喝汽水喝到呕气更幸福的事了吧!"心里百感交集,眼泪忍不住就要落下来。

贫困的岁月里,人也能感受到某些深刻的幸福,像我常记得添一碗热腾腾的白饭,浇一匙猪油、一匙酱油,坐在"户定"(厅门的石阶)前细细品味猪油拌饭的芳香,那每一粒米都充满了幸福的香气。

有时这种幸福不是来自食物,我记得当时在我们镇上住了一位卖酱菜的老人,他每天下午的时候都会推着酱菜摊子在村落间穿梭。他沿路都摇着一串清脆的铃铛，在很远的地方就可以听见他的铃声，每次他走到我们家的时候，都在夕阳将落下之际，我一听见他的铃声跑出来，就看见他浑身都浴在黄昏柔美的霞光中，那个画面、那串铃声，使我感到一种难言的幸福，好像把人心灵深处的美感全唤醒了。

有时幸福来自于自由自在地在田园中徜徉了一个下午。

有时幸福来自于看到萝卜田里留下来做种的萝卜，开出一片宝蓝色的花。

有时幸福来自于家里的大狗突然生出一窝颜色都不一样的、毛绒绒的小狗。

生命的幸福原来不在于人的环境、人的地位、人所能享受的物质，而在于人的心灵如何与生活对应。因此，幸福不是由外在事物决定的，贫困者有贫困者的幸福，富有者有富有者的幸福，位尊权贵者有其幸福，身份卑微者也有其幸福。在生命里，人人都是有笑有泪；在生活中，人人都有幸福与忧恼，这是人间世界真实的相貌。

从前，我在乡间城市穿梭做报道访问的时候，常能深刻地感受到这一点，坐在夜市喝甩头仔米酒配猪头肉的人民，他感受到的幸福往往不逊于坐在大饭店里喝XO的富豪。蹲在寺庙门口喝一斤二十元粗茶的农夫，他得到的快乐也不逊于喝冠军茶的人。围在甘蔗园呼幺喝六，输赢只有几百元的百姓，他得到的刺激绝对不输于在梭哈台上输赢几百万的豪华赌徒。

这个世界原来就是个相对的世界，而不是绝对的世界，因此幸福也是相对的,不是绝对的。

由于世界是相对的,使得到处都充满缺憾,充满了无奈与无言的时刻。但也由于相对的世界,使得我们不论处在任何景况,都还有幸福的可能,能在绝壁之处也见到缝中的阳光。

我们幸福的感受不全然是世界所给予的,而是来自我们对外在或内在的价值判断,我们的幸福与否,正是由自我的价值观来决定的。

## 以直观来面对世界

如果,我们没有预设的价值观呢?如果,我们可以随环境调整自己的价值判断呢?

就像一个不知道金钱、物质为何物的赤子,他得到一千元的玩具与十元的玩具,都能感受到一样的幸福。这是他没有预设的价值观,能以直观来面对世界,世界也因此以幸福来面对他。

就像我们收到陌生者送的贵重礼物,给我们的幸福感还不如知心朋友寄来的一张卡片。这是我们随环境来调整自己的判断,能透视物质包装内的心灵世界,幸福也因此来面对我们的心灵。

所以,幸福的开关有两个,一个是直观,一个是心灵的品味。

这两者不是来自远方,而是由生活的体会得到的。

什么是直观呢?

有源律师问大珠慧海禅师:"和尚修道,还用功否?"

大珠:"用功。"

"如何用功?"

"饿来吃饭,困来眠。"

"一切人总如同师用功否?"

"不同!"

"何故不同?"

"他吃饭时不肯吃饭,百种须索;睡时不肯睡,千般计较,所以不同也。"

好好地吃饭,好好地睡觉就是最大的幸福,最深远的修行,这是多么伟大的直观!在禅师的语录里有许多这样的直观,都是在教导启示我们找到幸福的开关,例如:

百丈怀海说:"如今对五欲八风,情无取舍,垢净俱亡,如日月在空,不缘而照;心如木石,亦如香象截流而过,更无滞碍,此人天堂地狱所不能摄也。"

庞蕴居士说:"神通并妙用,运水与搬柴。""好雪片片,不落别处。"

沩山灵祐说:"一切时中,视听寻常,更无委曲,亦不闭眼塞耳,但情不附物,即得……譬如秋水澄渟,清净无为,澹泞无碍,唤他作道人,亦名无事之人。"

黄檗希运说:"凡人多不肯空心,恐落空。不知自心本空,愚人除事不除心,智者除心不除事。""终日吃饭,未曾咬着一粒米;终日行,未曾踏着一片地。与么时,无人我等相,终日不离一切事,不被诸境惑，方名自在人。"

在禅师的话语中，我们在在处处都看见了一个人如何透过直观，找到自心的安顿、超越的幸福。若要我说世间的修行人所为何事，我可以如是回答："是在开发人生最究竟的幸福。"这一点禅宗四祖道信早就说过了，他说："快乐无忧，故名为佛！"读到这么简单的句子使人心弦震荡，久久还绕梁不止，这不是人间最大的幸福吗？

只是在生命的起落之间，要人永远保有"快乐无忧"的心境是何其不易，那是远远越过了凡尘的青山与溪河的胸怀。因此另一个开关就显得更平易了，就是心灵的品味，仔细地体会生活环节的真义。

## 垂丝千尺，意在深潭

现代诗人周梦蝶，他吃饭很慢很慢，有时吃一顿饭要两个多小时，有一次我问他："你吃饭为什么那么慢呢？"

他说："如果我不这样吃，怎么知道这一粒米与下一粒米的滋味有什么不同。"

我从前不知道他何以能写出那样清新空灵、细致无比的诗歌，听到这个回答时，我完全懂了，那是自心灵细腻的品味，有如百千明镜鉴像，光影相照，使我们看见了幸福原是生活中的花草，粗心的人践花而过，细心的人怜香惜玉罢了。

这正是黄龙慧南说的："高高山上云，自卷自舒，何亲何疏；深深涧底水，遇曲遇直，无彼无此。众生日用如云水，云水如然人不尔。若得尔，三界轮回何处起？"

也是克勤圆悟说的："三百六十骨节，一一现无边妙身；八万四千毛端，头头彰宝王刹海。不是神通妙用，亦非法尔如然，苟能千眼顿开，直是十方坐断！"

众生在生活里的事物就像云水一样，云水如此，只是人不能自卷自舒、遇曲遇直，都保持幸福之状。保有幸福不是什么神通，只看人能不能千眼顿开，有一个截然的面对。

"垂丝千尺，意在深潭。"我们若想得到心灵真实的归依处，使幸福有如电灯开关，随时打开，就非时时把品味的丝线放到千尺以上不可。

人间的困厄横逆固然可畏，但人在横逆困厄之际，没有自处之道，不能找到幸福的开关才是最可怕的。因为这世界的困境牢笼不光为我一个人打造，人人皆然，为什么有的人幸福，有的人不幸，实在值得深思。

我有一位朋友，是一家大公司的经理，有一天，我约他去吃番薯稀饭，他断然拒绝了。

他说："我从小就是吃番薯稀饭长大的，十八岁那一年我坐火车离开彰化家乡，在北上的火车上我对天发誓：这一辈子我宁可饿死，也不会再吃番薯稀饭了。"

我听了怔在当地。就这样，他二十年没有吃过一口番薯，也许是这样决绝的志气与誓愿，使他步步高升，成为许多人欣羡的成功者。

不过，他的回答真是令我惊心，因为在贫困岁月抚养我们成长的番薯是无罪的呀！

当天夜里，我独自去吃番薯稀饭，觉得这被目为卑贱象征的地瓜，仍然滋味无穷，我也是吃番薯稀饭长大的，但不管何时何地吃它，总觉得很好，充满了感恩与幸福。

走出小店，仰望夜空的明星，我听到自己步行在暗巷中清晰而渺远的足音，仿佛是自己走在空谷之中，我知道，我们走过的每一步不一定是完美的，但每一步都有值得深思的意义。

只是，空谷足音，谁愿意驻足聆听呢？

# 温一壶月光下酒

## 逃　情

幼年时在老家西厢房，姐姐为我讲东坡词，有一回讲到《定风波》中一句"一蓑烟雨任平生"，这个句子让我吃了一惊，仿佛见到一个竹杖芒鞋的老人在江湖道上踽踽独行，身前身后都是烟雨弥漫，一条长路连到远天去。

"他为什么？"我问。

"他什么都不要了。"姐姐说，"所以到后来有'回首向来萧瑟处，归去，也无风雨也无情'之句。"

"这样未免太寂寞了，他应该带一壶酒、一份爱、一腔热血。"

"在烟雨中腾云过了，在雨里行走过了，什么都过了，还能如何？所谓'来往烟波非定居，生涯蓑笠外无余'，生命的事一经过了，再热烈也是平常。"

年纪稍长，才知道"竹杖芒鞋轻腾马，谁怕？一蓑烟雨任平生"

的境界并不容易达致，因为生命中真是有不少不可逃不可抛的东西，名利倒还在其次；至少像一壶酒、一份爱、一腔热血都是不易逃的，尤其是情爱。

记得日本小说家武者小路实笃曾写过一个故事，传说有一个久米仙人，在尘世里颇为情苦，为了逃情，入山苦修成道，一天腾云游经某地，看见一个浣纱女足胫甚白。久米仙人为之目眩神驰，凡念顿生，飘忽之间，已经自云头跌下。可见逃情并不是苦修就可以得到。

我觉得"逃情"必须是一时兴到，妙手偶得，如写诗一样，也和酒趣一样。狂吟浪醉之际，诗涌如浆，此时大可以用烈酒热冷梦，一时彻悟。倘若苦苦修炼，可能达到"好梦才成又断，春寒似有还无"的境界，离逃情尚远，因此一见到"乱头粗服，不掩国色"的浣纱女就坠落云头了。

前年冬天，我遭到情感的大创巨痛，曾避居花莲逃情，繁星冷月之际与和尚们谈起尘世的情爱之苦，谈到凄凉处连和尚都泪不能禁。如果有人问我："世间情是何物？"我会答曰："不可逃之物。"连冰冷的石头相碰都会撞出火来，每个石头中事实上都有火种，可见再冰冷的事物也有感性的质地，情何以逃呢？

情仿佛是一个大盆，再善游的鱼也不能游出盆中，人纵使能相忘于江湖，情是比江湖更大的。

我想，逃情最有效的方法可能是更勇敢地去爱，因为情可以病，也可以治病；假如看遍了天下的足胫，浣纱女再国色天香也无可奈何了。情者是堂堂巍巍，壁立千仞，从低处看是仰不见顶，自高处看是俯不见底，令人不寒而栗，但是如果在千仞上多走几遭，就没有那么可怖了。理学家程明道曾与弟弟程伊川共同赴友人宴席，席间友人召妓共饮，伊川正襟危坐，目不斜视，明道则毫不在乎，照吃照饮。宴后，伊川责明道不恭谨，明道先生答曰："目中有妓，心中无妓！"这是何等洒脱的胸襟，正是"云月相同，溪山各异"，是凡人所不能致的境界。

说到逃情，不只是逃人世的情爱，有时候心中有挂也是情牵。有一回，暖香吹月时节与友在碧潭共醉，醉后扶上木兰舟，欲纵舟大饮，朋友说："也要楚天阔，也要大江流，也要望不见前后，才能对月再下酒。"死拒不饮，这就是心中有挂，即使挂的是楚天大江，终不能无虑，不能万情皆忘。

越往前活，越觉得苏东坡"一蓑烟雨任平生""也无风雨也无情"词意不可得，想东坡也有"春色三分，二分尘土，一分流水。细看不是杨花，点点是离人泪"的情思；有"但愿人长久，千里共婵娟"的情愿；有"念故人老大，风流未减，独回首，烟波里"的情怨；也有"若待得君来向此，花前对酒不忍触。共粉泪，两簌簌"的情冷，可见"一蓑烟雨任平生"只是他的向往。情何以可逃呢？

## 煮　雪

传说在北极的人因为天寒地冻，一开口说话就结成冰雪，对方听不见，只好回家慢慢地烤来听……

　　这是个极度浪漫的传说，想是多情的南方人编出来的。

　　可是，我们假设说话结冰是真有其事，也是颇有困难，试想：回家烤雪煮雪的时候要用什么火呢？因为人的言谈是有情绪的，煮得太慢或太快都不足以表达说话的情绪。

　　如果我生在北极，可能要为煮的问题烦恼半天，与性急的人交谈，回家要用大火煮烤；与性温的人交谈，回家要用文火。倘若与人吵架呢？回家一定要生个烈火，才能声闻当时哔哔剥剥的火爆声。

　　遇到谈情说爱的时候，回家就要仔细酿造当时的气氛，先用情诗情词裁冰，把它切成细细的碎片，加上一点酒来煮，那么，煮出来的话便能使人微醉。倘若情浓，则不可以用炉火，要用烛火再加一杯咖啡，才不会醉得太厉害，还能维持一丝清醒。

　　遇到不喜欢的人不喜欢的话就好办了，把结成的冰随意弃置就可以了。爱听的话则可以煮一半，留一半他日细细品味，住在北极的人真是太幸福了。

　　但是幸福也不长驻，有时天气太冷，火生不起来，是让人着急的，只好拿着冰雪用手慢慢让它融化，边融边听。遇到性急的人恐怕要用雪往墙上摔，摔得力小时听不见，摔得用力则声振屋瓦，造成噪音。

　　我向往北极说话的浪漫世界，那是个宁静祥和又能自己制造生活的世界，在我们这个到处都是噪音的时代里，有时我会希望大家说出来的话都结成冰雪，回家如何处理是自家的事，谁也管不着。尤其是人多要开些无聊的会议时，可以把那块嘈杂的大雪球扔在自家前的阴沟里，让它永远见不到天日。

斯时斯地，煮雪恐怕要变成一种学问，生命经验丰富的人可以根据雪的大小、成色，专门帮人煮雪为生；因为要煮得恰到好处和说话时恰如其分一样，确实不易。年轻的恋人们则可以去借别人的"情雪"，借别人的雪来浇自己心中的块垒。

如果失恋，等不到冰雪尽融的时候，就放一把火把雪都烧了，烧成另一个春天。

## 温一壶月光下酒

煮雪如果真有其事，别的东西也可以留下，我们可以用一个空瓶把今夜的桂花香装起来，等桂花谢了，秋天过去，再打开瓶盖，细细品尝。

把初恋的温馨用一个精致的琉璃盒子盛装，等到青春过尽垂垂老矣的时候，掀开盒盖，扑面一股热流，足以使我们老怀堪慰。

这其中还有许多意想不到的情趣，譬如将月光装在酒壶里，用文火一起温来喝……此中有真意，乃是酒仙的境界。

有一次与朋友住在狮头山，每天黄昏时候在刻着"即心是佛"的大石头下开怀痛饮，常喝到月色满布才回到和尚庙睡觉，过着神仙一样的生活。最后一天我们都喝得有点醉了，携着酒壶下山，走到山下时顿觉胸中都是山香云气，酒气不知道跑到何方，才知道喝酒原有这样的境界。

有时候抽象的事物也可以让我们感知，有时候实体的事物也能转眼化为无形，岁月当是明证，我们活的时候真正感觉到自己是存在的，岁月的脚步一走过，转眼便如云烟无形。但是，这些消逝于无形的往事，却可以拿来下酒，酒后便会浮现出来。

喝酒是有哲学的，准备许多下酒菜，喝得杯盘狼藉是下乘的喝法；几粒花生米一盘豆腐干，和三五好友天南地北是中乘的喝法；一个人独斟自酌，举杯邀明月，对影成三人，是上乘的喝法。

关于上乘的喝法，春天的时候可以面对满园怒放的杜鹃细饮五加皮；夏天的时候，在满树狂花中痛饮啤酒；秋日薄暮，用菊花煮竹叶青，人与海棠俱醉；冬寒时节则面对篱笆间的忍冬花，用腊梅温一壶大曲。这种种，就到了无物不可下酒的境界。

当然，诗词也可以下酒。

俞文豹在《历代诗余引吹剑录》谈到一个故事，提到苏东坡有一次在玉堂日，有一幕士善歌，东坡因问曰："我词何如柳七（即柳永）？"幕士对曰："柳郎中词，只合十七八女郎，执红牙板，歌'杨柳岸，晓风残月'。学士词，须关西大汉、铜琵琶、铁棹板，唱'大江东去'。"东坡为之绝倒。

这个故事也能引用到饮酒上来，喝淡酒的时候，宜读李清照；喝甜酒时，宜读柳永；喝烈酒则大歌东坡词。其他如辛弃疾，应饮高粱小口；读放翁，应大口喝大曲；读李后主，要用马祖老酒煮姜汁到出怨苦味时最好；至于陶渊明、李太白则浓淡皆宜，狂饮细品皆可。

喝纯酒自然有真味，但酒中别掺物事也自有情趣。范成大在《骖鸾录》里提到："番禺人作心字香，用素茉莉未开者，着净器，薄劈沉香，层层相间封，日一易，不待花蔫，花过香成。"我想，应做茉莉心香的法门也是掺酒的法门，有时不必直掺，斯能有纯酒的真味，也有纯酒所无的余香。我有一位朋友善做葡萄酒，酿酒时以秋天桂花围塞，酒成之际，桂香袅袅，直似天品。

我们读唐宋诗词，乃知饮酒不是容易的事，遥想李白当年斗酒诗百篇，气势如奔雷，作诗则如长鲸吸百川，可以知道这年头饮酒的人实在没有气魄。现代人饮酒讲格调，不讲诗酒。袁枚在《随园诗话》里提过杨诚斋的话："从来天分低拙之人，好谈格调，而不解风趣，何也？格调是空架子，有腔口易描，风趣专写性灵，非天才不辩。"在秦楼酒馆饮酒作乐，这是格调，能把去年的月光温到今年才下酒，这是风趣，也是性灵，其中是有几分天分的。

《维摩经》里有一段天女散花的记载，正在菩萨为弟子讲经的时候，天女出现了，在菩萨与弟子之间遍撒鲜花，散布在菩萨身上的花全落在地上，散布在弟子身上的花却像粘连那样粘在他们身上，弟子们不好意思，用神力想使它掉落也不掉落。

仙女说："观菩萨花不着者，已断一切分别想故。譬如，人畏时，非人得其便。如是弟子畏生死故，色、声、香、味，触得其便也。已离畏者，一切五欲皆无能为也。结习未尽，花着身耳。结习尽者，花不着也。"

这也是非关格调，而是性灵。佛家虽然讲究酒、色、财、气四大皆空，我却觉得，喝酒到极处几可达佛家境界，试问，若能忍把浮名换作浅酌低唱，即使天女来散花也不能着身，荣辱皆忘，前尘往事化成一缕轻烟，尽成因果，不正是佛家所谓苦修深修的境界吗？

# 有情十二帖

## 前　生

前生，我们也是在这样的溪畔道别的吧！

要不然，我从山径一路走来，心原是十分平静的，可是我看见这条溪时，心为什么如水波一样涌动起来？周围清冽的空气，使我感到一种不知何处流来的可惊的寒冷。

以溪水为镜，我努力地想知道，这条溪与我有着什么样的因缘？或者是，我如何在溪的此岸，看着你渐去渐远的身影？或者是，同在一岸，你往下游走去，而我却溯源而上？

我什么都照映不出来，因为溪水太激动了。

这已是春天了呀！草正绿着，花正盛开，阳光正暖，溪水为什么竟有清冷而空茫的感觉呢？

想是与久远的前生有着不可知的关系。

在春天的时候，临溪而立，特别能感觉到生命是一道溪流，不知从何流来，不知流向何处。

此刻的我，仿佛是，奔流的河溪中刚刚落下的，一片叶子。

## 流　转

在十字路口的古董店临窗的角落，我坐在一张太师椅上，立刻就站起来，因为那张椅子上还留着别人坐过的温度。

从小我就不习惯坐别人坐过的热椅子，宁可站着等那椅子冷了，才落座。尤其古董店的椅子，据说这张椅子是清朝传下的，那美丽的雕花让我知道这不是平民的椅子，它的第一个主人曾经是富有的人吧！

现在，那个富有的人，他的财富必然已经散尽了，他的身体一定也在时空中消亡了，留下这一组椅子，没有哭笑，在午后的阳光中静静的，几乎是睡着一般。

我在古董店转了一圈，好像与时空一起流转，唐朝的三彩马，明代的铜香炉，清朝的瓷器，民初的碗盘，有很多还完美如新。有一张八仙彩，新得还像某一个脸容贞静的妇女一针一针刺绣上去，针痕还在锦上，人却已经远去了，像空气，像轻轻的铜铃声。

在古董店，我们特别能感受时光的无情，以及生命的短暂，步出古董店时我觉得，即使在早春，也应珍惜正在流转的光阴。

## 山　雨

看着你微笑着，无声，在茫茫的雨雾从山下走来，你撑着的花伞，在每一格石阶一朵一朵开上来，三月道旁的杜鹃与你的伞一样有艳红的颜色。在春雨的绵绵里，我的忧伤，像雨里的乱草缠绵在一起，忧伤的雨就下在我的眼中。

眼看你就要到山顶，却在坡道转弯处隐去了，隐去如山中的风景，静默。雨，也无声。

山顶的凉亭里，有人在下棋，因为棋力相当，两个人静静地对坐着，偶尔传来一声"将军"，也在林间转了又转，才会消失。

我看着满天的雨，感觉这阵雨永远也不会停。

你果然没有到山顶上，转过坡道又下山了，我看着你的背影往山下走去，转一道弯就消失了，消失成雨中的山，空茫的山。

山雨不停，我心中忧伤的雨也一如山雨。

这阵雨永远也不会停了！看着满天的雨，我这样想着。

突然听到凉亭里传来一声高扬的：将军！

## 四 月

我最喜欢四月的阳光，四月的阳光不愠不火，透明温润有琉璃的质感。

四月的阳光，使每一朵花都是水晶雕成，在风里唱着希望之歌，歌声五色仿佛彩虹。

四月的阳光，使每一株草都是翡翠繁生，在土地写着明日之诗，诗章湛蓝一如海洋。

在四月的阳光中，我们把冬寒的灰衣褪去，肤触着遥远天际传来的温热，使我想起童年时代，赤身奔跑过四月的田野，阳光就像母亲温暖的怀抱，然后我们跳入还留着去年冬寒的溪里游水。最后，我们带着全身琉璃的水珠躺在大石上，水一丝丝化入空中，我们就在溪边睡着了。

在四月的阳光中，草原、树林、溪流、石头都是净土，至少对无忧的孩子是这样的。所以，不论什么宗教，都说我们应胸怀一如赤子，才能进入清净之地。

四月还是四月，温暖的阳光犹在，可叹的是我们都不再是赤子了。

## 石　狮

我们走过生命的原野时，要像狮子一样，步步雄健，一步留下一个脚印。

我们渡过生命河流之际，要像六牙香象，中流砥柱，截河而流，主宰自己生命的河流与方向。

我们行经生命的丛林小径，要像灰鹿之王，威严而柔和，雄壮而悲悯，使跟随我们的鹿群都能平安温饱。

这些都是佛经的譬喻，是要我们期许自己像狮子一样威猛，像香象一样壮大，像鹿王一样温和庄严。当我们想起这几种动物，真有如自己站在高山顶上，俯视着莽莽的林木与茫茫的草原，也有那样的气派。

狮子是文殊师利菩萨的坐骑，白象是普贤菩萨的坐骑，都是极有威势的护法，尤其狮子更是普遍，连民间一般寺庙都是由狮子来护法的。

今天路过一座寺庙，看到门前的石狮子有不同的表情，几乎是微笑着的，然后我想起每座寺庙前的狮子，虽是石头雕成，每只的表情都有细微的不同。

即使是石狮子，也是有心，特别是在温馨的五月清晨的微风之中。

## 欢　喜

黄山谷有一天去拜访晦堂禅师，问禅师说："禅宗的奥义究竟是什么？"

晦堂禅师说："《论语》上说'二三子，以我为隐乎？吾无隐乎尔。'禅对你们也没有什么隐藏，这意思你懂吗？"

黄山谷说："我不懂。"

然后，两人都沉默了，一起在山路上散步，当时，盛开的木樨花正在开放，香味满山。

晦堂问："你闻到香味了吗？"

"是，我闻到了！"黄山谷说。

"我像这木樨花香一样，没有隐瞒你呀！"禅师说。

黄山谷听了，像突然打开心眼一样开悟了。

是的，这世界从来没有隐藏过我们，我们的耳朵听见河流的声音，我们的眼睛看到一朵花开放，我们的鼻子闻到花香，我们的舌头可以品茶，我们的皮肤可以感受阳光……在每一寸的时光中都有欢喜，在每个地方都有禅悦。

我曾在一个开满凤凰花的城市住了三年，今天看到一棵凤凰花开，好像唱着歌一样，使我的眼耳鼻舌身意都洋溢着少年时代的欢喜。

## 院　子

农村里的秋天来得晚，但真正秋天来的时候是很写意的。

首先感觉到的是终于有黄昏的晚霞了，当河边的微风吹过，我们背着沉重的书包回家，站在家前院子往远山看去，太阳正好把半天染红；那云红得就像枫叶，仿佛一片一片就要落下来了。于是，我常常站在院子里就呆住了，一直到天边泼墨才惊醒过来。

然后，悬丝飘浮的、带着清冷的秋灯的、只照射自己的路的萤火虫，不知道是从河的对岸或树林深处来了，数目多得超乎想象，千盏万盏掠过院子，穿过弄堂，在草丛尖浮荡。有人说萤火虫是点灯来找它前世的情缘，所以灯盏才会那么的凄清闪烁，动人肝肺。

最后，是大人们扇着扇子，坐在竹椅上清喉咙："古早、古早、古早……"说着他们的父亲、祖父一直传说不断忠孝节义的故事，听着这些故事，使我觉得秋天真是温柔，温柔中流着情义的血。我们听故事的那个院子，听说还是曾祖父用石块亲手铺成的。

秋天枫红的云，凄凉的萤火，用传说铺成的院子如今还在闪烁，可惜现在不是秋天，也找不到那个院子了。

## 有　情

"花，到底是怎么开起的呢？"有一天，孩子突然问我。

我被这突来的问题问住了，我说："是春天的关系吧。"

对我的答案，孩子并不满意，他说："可是，有的花是在夏天开，有的是在冬天开呀！"

我说："那么，你觉得花是怎样开起的呢？"

"花自己要开，就开了嘛！"孩子天真地笑着，"因为它的花苞太大，撑破了呀！"

说完孩子就跑走了，是呀！对于一朵花和对于宇宙一样，我们都充满了问号，因为我们不知它的力量与秩序是明确来自何处。

花的开放，是它自己的力量在因缘里的自然展现，它蓄积了自己的力量，使自己饱满，然后爆破，有如阳光在清晨穿破了乌云。

花开是一种有情，是一种内在生命的完成，这是多么亲切呀！使我想起，我们也应该蓄积、饱满、开放、永远追求自我的完成。

## 炉　香

有一天，一位老太太问赵州从谂禅师："怎样去极乐世界呢？"

赵州说:"大家都去极乐世界吧!我只愿永远留在苦海。"

我读到这里,心弦震动,久久不能自已,一个已经开悟的禅师,他不追求极乐,而希望自己留在与众生相同的地方,在苦海中生活,这是真实的伟大的慈悲。就好像在莲花池边,大家都赶来看莲花,经过时脚步杂乱,纸屑满地,而他只愿留下来打扫莲花池。

抬起头来,我看见案前的檀香炉,香烟袅袅,飘去不可知的远方,香气在室内盘绕不息。这烟气是不是也飘往极乐世界呢?可是如果没有香炉的承受,接受火炼,檀香的烟气也不可能飞到远方。

赵州正是要做那一个大香炉,用自己的燃烧之苦来点灯众生虔诚的极乐之向往。

我也愿做烧香的铜炉,而不要只做一缕香。

## 天　空

我和一位朋友去参观一处数有年代的古迹,我们走进一座亭子,坐下来休息,才发现亭子屋顶上刻着许多繁复、细致、色彩艳丽的雕刻,是人称"藻井"的那种东西。

朋友说:"古人为什么要把屋顶刻成这么复杂的样子?"

我说:"是为了美感吧!"

朋友说不是这样的,因为人哪有那么多的时间整天抬头看屋顶呢!

"那么,是为了什么?"我感到疑惑。

"有钱人看见的天空是这个样子的呀！缤纷七彩、金银斑斓，与他们的珠宝箱一样。"这是我第一次听见的说法，眼中禁不住流出了问号，朋友补充说："至少，他们希望家里的天空是这样子，人的脑子塞满钱财就会觉得天空不应该只是蓝色，只有一种蓝色的天空，多无聊呀！"

朋友似笑非笑地看着藻井，又看着亭外的天空。

我也笑了。

当我们走出有藻井的凉亭时，感觉单纯的蓝天，是多么美！多么有气派！

水因有月方知静，天为无云始觉高。我突然想起这两句诗。

## 如 水

曾经协助丰臣秀吉统一全日本的大将军黑田孝高，他善于用水作战，曾用水攻陷了久攻不下的高松城。因此在日本历史上有"如水"的别号，他曾写过"水五则"：

一、自己活动，并能推动别人的，是水。

二、经常探求自己的方向的，是水。

三、遇到障碍物时，能发挥百倍力量的，是水。

四、以自己的清洁洗净他人的污浊，有容清纳浊的宽大度量的，是水。

五、汪洋大海，能蒸发为云，变成雨、雪，或化而为雾，又或凝结成一面如晶莹明镜的冰，不论其变化如何，仍不失其本性的，也是水。

这"水五则"，也就是"水的五德"，是值得参究的，我们每天要用很多的水，有没有想过水是什么？要怎样来做水的学习呢？

要学习水，我们要做能推动别人的、常探求自己方向的、以百倍力量通过障碍的、有容清纳浊度量的、永不失本性的人。

要学习水，先要如水一样清静、无碍才行。

## 茶　味

我时常一个人坐着喝茶，同一泡茶，在第一泡时苦涩，第二泡甘香，第三泡浓沉，第四泡清冽，第五泡清淡，再好的茶，过了第五泡就失去味道了。

这泡茶的过程时常令我想起人生，青涩的年少，香醇的青春，沉重的中年，回香的壮年，以及愈走愈淡、逐渐失去人生之味的老年。

我也时常与人对饮，最好的对饮是什么话都不说，只是轻轻地品茶；次好的是三言两语，再次好的是五言八句，说着生活的近事；末好的是九嘴十舌，言不及义；最坏的是乱说一通，道别人是非。

与人对饮时常令我想起，生命的境界确乎是超越言句的，在有情的心灵中不需要说话，也可以互相印证。喝茶中有水深波静、流水喧喧、花红柳绿、众鸟喧哗、车水马龙种种境界。

我最喜欢的喝茶，是在寒风冷肃的冬季，夜深到众音沉默之际，独自在清静中品茗，杯小茶浓，一饮而尽，两手握着已空的杯子，还感觉到茶在杯中的热度，热，迅速地传到心底。

犹如人生苍凉历尽之后，中夜观心，看见，并且感觉，少年时沸腾的热血，仍在心口。

# 季节十二帖

## 一月　大寒

冷也冷到顶点了。

高也高到极限了。

日光下的寒林没有一丝杂质，空气里的冰冷仿佛来自故乡遥远的北国，带着一些相思，还有细微几至不可辨认的骆驼的铃声。

再给我一点绿色吧，阳光对山说。

再给我一点温暖吧，山对太阳说。

再给我一朵云，再给我一把相思吧，空气对山岚说。

我们互相依偎取暖，究竟，冷也冷到顶点，高也高到极限了。

## 二月　立春

春气始至，下弦月是十一日的七时一分。

"如果月光开始温柔照耀的时候，请告诉我。"地底的青虫对着荷叶上的绿蛙说。

"我忙得很呢！我还要告诉茄子、白芋、西瓜、蕹菜、肉豆、苋菜，它们发芽的时间到了。"蛙说。

"那么谁来告诉我春天到来了呢？"青虫说。

"你可以静听远方的雷声，或是仕女们踏青的步声呀！"蛙说。

青虫遂伏耳静听，先听见的竟是抽芽的青草血液流动的声音。

## 三月　惊蛰

"雷鸣动，蛰虫皆震起而出，故名惊蛰。"

我们可以等待春天的第一声雷，到草原去，那以为是地震的蛰虫都沙沙地奔跑，互相走告：雷在春天，不知道为什么这一次打到地底来了。蚱蜢都笑起来，其实年年雷都震动地底，只是蛰虫生命短暂，不知道去年的事吧！

在童年遥远的记忆中，我们喜欢春天到草原去钓蛰虫，一株草伸入洞里，蛰虫就紧紧咬住，有如咬住春天。

童年老树下的回忆，在三月里想起来，特别有春阳一般的温馨。

## 四月　清明

"时万物洁显而清明，时当气清景明，故名。"

这一次让我们去看四月里温柔的草原与和煦的白云吧！因为如果错过了四月的草之绿与云之白，今年就再也没有什么景色可以领略了。

但是，别忘了出发前让心轻轻地沉静下来，用一种清明的心情去观照天空与花树的对话。

我走出去，感觉被和风包围，我对着一朵含苞的小黄花说："亲爱的，四月的时候不要睡着了。"

## 五月　小满

天空突然下起雨来，对于天上的雨我们没有拒绝的权利，我们总是默默地接受了。

站在屋檐下避雨，我想着：为什么初夏的雨总没来由地下着，这时，竟有一些些美丽的心情，好像心里也被雨湿润了。痴痴地想起，某一年，是这样的五月，也是这样突然的初夏之雨，与一个心爱的人奔过落雨的大街。

冲进屋檐下的骑楼，抬头正与一个厢壁的石雕相遇，那石雕今日仍在，一起走过雨路的人，却远了。

五月的雨，总也是突然就停了。

阳光笑着，从天上跌落下来。

## 六月　芒种

"时可种有芒之谷，过此即失效，故曰芒种。"

坐火车飞过田野，偶尔会见到农夫正在田中插秧，点点的嫩绿在风中显得特别温柔，甚至让人忘记了那每一株都有一串汗水。

芒种，是多么美的名字，稻子的背负是芒种，麦穗的承担是芒种，高粱的波浪是芒种，天人菊在野风中盛放是芒种……有时候感觉到那一丝丝落下的阳光，也是芒种。

六月的明亮里，我们能感受到四处流动的光芒。

芒种，是深深把光芒植根，在某些特别的时候，我呼唤着你的名字，就仿佛把光芒种植。

## 七月　小暑

院里的玫瑰花，从去年落了以后就没有再开。

叶子倒仍然十分青翠，枝干也非常刚强，只是在落雨的黄昏，窗子结满雾气，从雾里看出，就见到了去年那个孤寂的自己。

这一次从海岸回来，意外地看到玫瑰花结成的苞，惊喜地感觉自己又寻回年轻时那温婉的心情，这小小的花，小小的暑气，使我感觉到真实的自我。

泡一杯碧螺春，看玫瑰花在暑气里挣扎开放，突然听见在遥远海边带回来的涛声，一波又一波清洗着我心灵的岬角。

## 八月　立秋

"秋训：禾谷熟也。"

梦里醒来的时候，推窗，发现天上还洒着月光。

仿佛才刚刚睡去，怎么忽然就从梦里醒来了呢？

刚刚确实是做了梦的，我努力回想梦境，所有的情节竟然都隐没了，只剩下一个古老的、优雅的、安静的回廊，回廊里有轻浅的步声，好像一声一声地从我的心头踩过。

让我再继续这个梦吧！躺下时我这样许着愿。

我果然又走进那个回廊，步声是我自己的，千回百转才走到出口，原来出口的地方满天红叶，阳光落了一地。

原来是秋天了，我在回廊里轻轻叹口气。

## 九月　白露

"阴气渐重，凝而为露，故名白露。"

几棵苍郁的树，被云雾和时间洗过，流露出一种沧桑的神色。我站在这山最高的地方下望，云一波波地从脚下流过，鸟声在背后传来，我好像也懂了站在这里的树的心情——站在最高的地方可以望远，但也要承担高的凄冷，还有那第一波来的白露。

候鸟大概很快就要从这里飞过，到南方的海边去了吧？

这时站在云雾封弥的山上，我闭上眼睛，就像看见南方那明媚的海岸。

## 十月　霜降

这一次我离开你，大概就不容易再见到你了。

暮色过后,我会有一个真正的离开,就让天空温柔的晚霞做最后见证,有一天再看见同样美的晚霞,不管在何时何地,我都会想起你来。

霜已经开始降了,风徐徐的,泪轻轻的,为了走出黑暗的悲剧,我只好悄悄离去。

我走的时候,感到夜色好冷,一股凉意自我的心头刺过。

## 十一月　立冬

"冬者,终也。立冬之时向,万物终成,故名立冬。"

如果要认识青春,就要先认识青春有终结的时候。

为花的开放而欢喜,为花的凋落而感伤,这样,我们永远不能认识流过的时间,是一种自然的呈现。

在园子里紫丁香花开的时候,让我们喝春天的乌龙吧!

在群花散尽、木棉独自开放的冬日,让我们烘着暖炉,听韦瓦第,喝咖啡吧!

冬天是多么美,那枝头最后落下的一朵木棉,是绝美!

## 十二月　冬至

"吃过这碗汤圆,就长一岁了。"冬至的时候,母亲总是这样说。

母亲亲手做的汤圆格外好吃,尤其是在寒冷的冬夜,又和着成长的传说。

吃完汤圆，我们就全家围在一起喝热茶，看腾腾热气在冷的气候中久久不散，茶是父亲泡的，他每天都喝茶。但那一天，他环视我们说："果然又长大一些。"

那是很多年前冬至的记忆，父亲逝世后，在冬至，我常想起他泡的茶，香味至今仍在齿颊。

# 吾心似秋月

　　白云守端禅师有一次与师父杨岐方会禅师对坐,杨岐问说:"听说你从前的师父茶陵郁和尚大悟时说了一首偈,你还记得吗?"

　　"记得记得,那首偈是'我有明珠一颗,久被尘劳关锁;一朝尘尽光生,照破山河万朵。'"白云毕恭毕敬地说,不免有些得意。

　　杨岐听了,大笑数声,一言不发地走了。

　　白云怔坐在当场,不知道师父听了自己的偈为什么大笑,心里非常愁闷,整天都思索着师父的笑,找不出任何足以令师父大笑的原因。那天晚上他辗转反侧,无法成眠,苦苦地参了一夜。第二天实在忍不住了,大清早就去请教师父:"师父听到郁和尚的偈为什么大笑呢?"

　　杨岐禅师笑得更开心,对着眼眶因失眠而发黑的弟子说:"原来你还比不上一个小丑,小丑不怕人笑,你却怕人笑!"白云听了,豁然开悟。

　　这真是个幽默的公案,参禅寻求自悟的禅师把自己的心思寄托在别人的一言一行,因为别人的一言一行而苦恼,真的还不如小丑能笑骂由他，言行自在，那么了生脱死，见性成佛，哪里可以得致呢？

杨岐方会禅师在追随石霜慈明禅师时，也和白云遭遇了同样的问题，有一次他在山路上遇见石霜，故意挡住去路，问说："狭路相逢时如何？"石霜说："你且躲避，我要去那里去！"

又有一次，石霜上堂的时候，杨岐问道："幽鸟语喃喃，辞云入乱峰时如何？"石霜回答说："我行荒草里，汝又入深村。"

这些无不都在说明，禅心的体悟是绝对自我的，即使亲如师徒父子也无法同行。就好像人人家里都有宝藏，师父只能指出宝藏的珍贵，却无法把宝藏赠予。杨岐禅师曾留下禅语："心是根，法是尘，两种犹如镜上痕，痕垢尽时光始现，心法双亡性即真。"人人都有一面镜子，镜子与镜子间虽可互相照映，却是不能取代的。若把自己的喜怒哀乐寄托在别人的喜怒哀乐上，就永远在镜上抹痕，找不到光明落脚的地方。

在实际的人生里也是如此，我们常常会因为别人的一个眼神、一句笑谈、一个动作而心不安，甚至茶饭不思、睡不安枕；其实，这些眼神、笑谈、动作在很多时候都是没有意义的，我们之所以心为之动乱，只是由于我们的在乎。万一双方都在乎，就会造成"狭路相逢"的局面了。

生活在风涛泪浪里的我们，要做到不畏人言人笑，确是非常不易，那是因为我们在人我对应的生活中寻找依赖，另一方面则又在依赖中寻找自尊，偏偏，"依赖"与"自尊"又充满了挣扎与矛盾，使我们不能彻底地有人格的统一。

我们时常在报纸的社会版上看到，或甚至在生活周遭的亲朋中遇见，许多自虐、自残、自杀的人，理由往往是："我伤害自己，是为了让他痛苦一辈子。"这个简单的理由造成了许多人间的悲剧。然而更大的悲剧是，当我们自残的时候，那个"他"还是活得很好，即使真能使他痛苦，他的痛苦也会在时空中抚平，反而我们自残的伤痕一生一世也抹不掉。纵然情况完全合乎我们的预测，真使"他"一辈子痛苦，又于事何补呢？

可见，"我伤害我自己，是为了让他痛苦一辈子"是多么天真无知的想法，因为别人的痛苦而自我伤害，往往不一定使别人痛苦，却一定使自己落入不可自拔的深渊。反之，我的苦乐也应由我做主，若由别人主宰我的苦乐，那是蒙昧了心里的镜子，有如一个陀螺，因别人的绳索而转，转到力尽而止，如何对生命有智慧的观照呢？

认识自我、回归自我、反观自我、主掌自我，就成为智慧开启最重要的事。

小丑由于认识自我，不畏人笑，故能悲喜自在；成功者由于回归自我，可以不怕受伤，反败为胜；禅师由于反观自我如空明之镜，可以不染烟尘，直观世界。认识、回归、反观自我都是通向自己做主人的方法。但自我的认识、回归、反观不是高傲的，也不是唯我独尊，而应该有包容的心与从容的生活。包容的心是知道即使没有我，世界一样会继续运行，时空也不会有一刻中断，这样可以让人谦卑。从容的生活是知道即使我再紧张再迅速,也无法使地球停止一秒,那么何不以从容的态度来面对世界呢?唯有从容的生活才能让人自重。

佛教的经典与禅师的体悟,时常把心的状态称为"心水",或"明镜",这有甚深微妙之意,但"包容的心"与"从容的生活"庶几近之,包容的心不是柔软如心水,从容的生活不是清明如镜吗?

水,可以用任何状态存在于世界,不管它被装在任何容器,都会与容器处于和谐统一,但它不会因容器是方的就变成方的,它无须争辩,却永远不损伤自己的本质,永远可以回归到无碍的状态。心若能持平清净如水,装在圆的或方的容器,甚至在溪河大海之中,又有什么损伤呢?

水可以包容一切,也可以被一切包容,因为水性永远不二。

但如水的心,要保持在温暖的状态才可起用,心若寒冷,则结成冰,可以割裂皮肉,甚至冻结世界。心若燥热,则化成烟气消逝,不能再觅,甚至烫伤自己,燃烧世界。

如水的心也要保持在清净与平和的状态才能有益,若化为大洪、巨瀑、狂浪,则会在汹涌中迷失自我,及至伤害世界。

我们在现实生活中所以会遭遇苦痛,正是无法认识心的实相,无法恒久保持温暖与平静,我们被炽热的情绪燃烧时,就化成贪婪、嗔恨、愚痴的烟气,看不见自己的方向;我们被冷酷的情感冻结时,就凝成傲慢、怀疑、自怜的冰块,不能用来洗涤受伤的创口了。

禅的伟大正在这里,它不否定现实的一切冰冻、燃烧、澎湃,而是开启我们的本质，教导我们认识心水的实相，心水的如如之状，并保持这"第一义"的本质，不因现实的寒冷、人生的热恼、生活的波动，而忘失自我的温暖与清净。

镜，也是一样的。

一面清明的镜子，不论是最美丽的玫瑰花或最丑陋的屎尿，都会显出清楚明确的样貌；不论是悠忽缥缈的白云或平静恒久的绿野，也都能自在扮演它的状态。

可是，如果镜子脏了，它照出的一切都是脏的，一旦镜子破碎了，它就完全失去觉照的功能。肮脏的镜子就好像品格低劣的人，所见到的世界都与他一样卑劣；破碎的镜子就如同心性狂乱的疯子，他见到的世界因自己的分裂而无法起用了。

禅的伟大也在这里，它并不教导我们把屎尿看成玻瑰花，而是教我们把屎尿看成屎尿，玻瑰看成玻瑰；它既不否定卑劣的人格，也不排斥狂乱的身心，而是教导卑劣者擦拭自我的尘埃，转成清明，以及指引狂乱者回归自我，有完整的观照。

水与镜子是相似的东西，平静的水有镜子的功能，清明的镜子与水一样晶莹，水中之月与镜中之月不是同样的月之幻影吗？

禅心其实就在告诉我们，人间的一切喜乐我们要看清，生命的苦难我们也该承受，因为在终极之境，喜乐是映在镜中的微笑，苦难是水面偶尔飞过的鸟影。流过空中的鸟影令人怅然，镜里的笑痕令人回味，却只是偶然的一次投影呀！

唐朝的光宅慧忠禅师，因为修行甚深微妙，被唐肃宗迎入京都，待以师礼，朝野都尊敬为国师。

有一天，当朝的大臣鱼朝恩来拜见国师，问曰："何者是无明，无明从何起？"

慧忠国师不客气地说："佛法衰相今现，奴也解问佛法！"（佛法快要衰败了，像你这样的人也懂得问佛法！）

鱼朝恩从未受过这样的屈辱，立刻勃然变色，正要发作，国师说："此是无明，无明从此起。"（这就是蒙蔽心性的无明，心性的蒙蔽就是这样开始的。）

鱼朝恩当即有省，从此对慧忠国师更为钦敬。

正是如此，任何一个外在因缘而使我们波动都是无明，如果能止息外在所带来的内心波动，则无明即止，心也就清明了。

大慧宗杲禅师也有一个类似的故事，有一天，一位将军来拜见他，对他说："等我回家把习气除尽了，再来随师父出家参禅。"

大慧禅师一言不发，只是微笑。

过了几天，将军果然又来拜见，他说："师父，我已经除去习气，要来出家参禅了。"

大慧禅师说："缘何起得早，妻与他人眠。"（你怎么起得这么早，让妻子在家里和别人睡觉呢？）

将军大怒："何方僧秃子，焉敢乱开言！"

禅师大笑，说："你要出家参禅，还早呢！"

可见要做到真心体寂,哀乐不动,不为外境言语流转迁动是多么不易。我们被外境的迁动就有如对着空中撒网,必然是空手而出,空手而回,只是感到人间徒然,空叹人心不古,世态炎凉罢了。禅师,以及他们留下的经典,都告诉我们本然的真性如澄水、如明镜、如月亮,我们几时见过大海被责骂而还口,明镜被称赞而欢喜,月亮被歌颂而改变呢?大海若能为人所动,就不会如此辽阔;明镜若能被人刺激,就不会这样干净;月亮若能随人而转,就不会那样温柔遍照了。

两袖一甩,清风明月;仰天一笑,快意平生;布履一双,山河自在;我有明珠一颗,照破山河万朵……这些都是禅师的境界,我们虽不能至,心向往之,如果可以在生活中多留一些自己给自己,不要千丝万缕地被别人迁动,在觉性明朗的那一刻,或也能看见般若之花的开放。

历代禅师中最不修边幅,不在意别人眼目的就是寒山、拾得,寒山有一首诗说:

> 吾心似秋月,碧潭清皎洁。
>
> 无物堪比伦,更与何人说。

明月为云所遮,我知明月犹在云层深处;碧潭在无声的黑夜中虽不能见,我知潭水仍清。那是由于我知道明月与碧潭平常的样子,在心的清明也是如此。

可叹的是,我要用什么语言才说得清楚呢?寒山大师在很久很久以前就有这样清澈动人的叹息了!

# 鸳鸯香炉

一对瓷器做成的鸳鸯,一只朝东,一只向西,小巧灵动,仿佛刚刚在天涯的一角交会,各自轻轻拍着羽翼,错着身,从水面无声划过。

这一对鸳鸯关在南京东路一家宝石店中金光闪烁的橱窗一角,它鲜艳的色彩比珊瑚宝石翡翠还要灿亮,但是由于它的游姿那样平和安静,竟仿若它和人间全然无涉,一直要往远方无止尽地游去。

再往内望去,宝石店里供着一个小小的神案,上书"天地君亲师"五个大字,晨香还未烧尽,烟香缭绕,我站在橱窗前不禁痴了,好像鸳鸯带领我,顺着烟香的纹路游到我童年的梦境里去。

记得我还未识字以前,祖厅神案上就摆了一对鸳鸯,是瓷器做成的檀香炉,终年氤氲着一缕香烟,在厅堂里绕来绕去,檀香的气味仿佛可以勾起人沉深平和的心胸世界,即使是一个小小孩儿也被吸引得意兴飘飞。我常和兄弟们在厅堂中嬉戏,每当我跑过香炉前,闻到檀香之气,总会不自觉地出了神,呆呆看那一缕轻淡但不绝的香烟。

尤其是冬天，一缕直直飘上的烟，不仅是香，甚至也是温暖的象征。有时候一家人不说什么，夜里围坐在香炉前面，情感好像交融在炉中，并且烧出一股淡淡的香气了。它比神案上插香的炉子让我更深切感受到一种无名的温暖。

最喜欢夏日夜晚，我们围坐听老祖父说故事，祖父总是先慢条斯理地燃了那个鸳鸯香炉，然后坐在他的藤摇椅中，说起那些还流动血泪馨香的感人故事。我们依在祖父膝前张开好奇的眼眸，倾听祖先依旧动人的足音响动，愈到星空夜静，香炉的烟就直直升到屋梁，绕着屋梁飘到庭前来，一丝一丝，萤火虫都被吸引来，香烟就像点着萤火虫尾部的光亮，一盏盏微弱的灯火四散飞升，点亮了满天的向往。

有时候是秋色萧瑟，空气中有一种透明的凉，秋叶正红，鸳鸯香炉的烟柔软得似蛇一样升起，烟用小小的手推开寒凉的秋夜，推出一扇温暖的天空。从潇湘的后院看去，几乎能看见那一对鸳鸯依偎着的身影。

那一对鸳鸯香炉的造型十分奇妙，雌雄的腹部连在一起，雄的稍前，雌的在后。雌鸳鸯是铁灰一样的褐色，翅膀是绀青色，腹部是白底有褐色的浓斑，像褐色的碎花开在严冬的冰雪之上，它圆形的小头颅微缩着，斜依在雄鸳鸯的肩膀上。

雄鸳鸯和雌鸳鸯完全不同，它的头高高仰起，头上有冠，冠上是赤铜色的长毛，两边彩色斑斓的翅翼高高翘起，像一个两面夹着盾牌的武士。它的背部更是美丽，红的、绿的、黄的、白的、紫的全开在一处，仿佛春天里怒放的花园，它的红嘴是龙吐珠，黑眼是一朵黑色的玫瑰，腹部微芒的白点是满天星。

那一对相偎相依的鸳鸯，一起栖息在一片晶莹翠绿的大荷叶上。

鸳鸯香炉的腹部相通，背部各有一个小小的圆洞，当檀香的烟从它们背部冒出的时候，外表上看像是各自焚烧，事实上腹与腹间互相感应。我最常玩的一种游戏，就是在雄鸳鸯身上烧了檀香，然后把雄鸳鸯的背部盖起来，烟与香气就会从雌鸳鸯的背部升起；如果在雌鸳鸯的身上烧檀香，盖住背部，香烟则从雄鸳鸯的背上升起来；如果把两边都盖住，它们就像约好的一样，一瞬间，檀香就在腹中灭熄了。

倘若两边都不盖，只要点着一只，烟就会均匀地冒出，它们各生一缕烟，升到中途慢慢氤氲在一起，到屋顶时已经分不开了，交缠的烟在风中弯弯曲曲，如同合唱着一首有节奏的歌。

鸳鸯香炉的记忆，是我童年的最初，经过时间的洗涤愈久，形象愈是晶明，它几乎可以说是我对情感和艺术向往的最初。鸳鸯香炉不知道出于哪一位匠人之手，后来被祖父购得，它的颜色造型之美让我明白体会到中国民间艺术之美；虽是一个平凡的物件，却有一颗生动灵巧的匠人心灵在其中游动，使香炉经过百年都还是活的一般。民间艺术之美总是平凡中见真性，在平和的贞静里历百年还能给我们新的启示。

关于情感的向往，我曾问过祖父，为什么鸳鸯香炉要腹部相连？祖父说——

鸳鸯没有单只的，鸳鸯是中国人对夫妻的形容。夫妻就像这对香炉，表面各自独立，腹中却有一点心意相通，这种相通，在点了火的时候最容易看出来。

我家的鸳鸯香炉每日都有几次火焚的经验，每经一次燃烧，那一对鸳鸯就好像靠得更紧。我想，如果香炉在天际如烽火，火的悲壮也不足以使它们殉情，因为它们的精神和象征立于无限的视野，永远不会畏怯，在火炼中，也永不消逝。比翼鸟飞久了，总会往不同的方向飞；连理枝老了，也只好在枝丫上无聊地对答。鸳鸯香炉不同，因为有火，它们不老。

稍稍长大后，我识字了，识字以后就无法抑制自己的想象力飞奔，常常从一个字一个词句中飞腾出来，去找新的意义。"鸳鸯香炉"四字就使我想象力飞奔，觉得用"鸳鸯"比喻夫妻真是再恰当不过，"鸳"的上面是"怨"，"鸯"的上面是"央"。

"怨"是又恨又叹的意思，有许多抱怨的时刻，有很多无可奈何的时刻，甚至也有很多苦痛无处诉的时刻。"央"是求的意思，是《诗经》中说的"和铃央央"的和声，是有求有报的意思，有许多互相需要的时刻，有许多互相依赖的时刻，甚至也有很多互相怜惜求爱的时刻。

夫妻生活是一个有颜色、有生息、有动静的世界，在我的认知里，夫妻的世界几乎没有无怨无忧幸福无边的例子，因此，要在"怨"与"央"间找到平衡，才能是永世不移的鸳鸯。鸳鸯香炉的腹部相通是一道伤口，夫妻的伤口几乎只有一种药，这药就是温柔，"怨"也温柔，"央"也温柔。

所有的夫妻都曾经拥抱过、热爱过、深情过，为什么有许多到最后分飞东西，或者郁郁以终呢？爱的诺言开花了，虽然不一定结果，但是每年都开了更多的花，用来唤醒刚坠入爱河的新芽，鸳鸯香炉是一种未名的爱，不用声名，千万种爱都升自胸腹中柔柔的一缕烟。把鸳鸯从水面上提升到情感的诠释，就像鸳鸯香炉虽然沉重，它的烟却总是往上飞升，或许能给我们一些新的启示吧！

至于"香炉"，我感觉所有的夫妻最后都要迈入"共守一炉香"的境界，久了就不只是爱，而是亲情。任何婚姻的最后，热情总会消褪，就像宗教的热诚最后会平淡到只剩下虔敬；最后的象征是"一炉香"，在空阔平朗的生活中缓缓燃烧，那升起的烟，我们逼近时可以体贴地感觉，我们站远了，还有温暖。

我曾在万华的小巷中看过一对看守寺庙的老夫妇，他们的工作很简单，就是在晨昏时上一炷香，以及打扫那一间被岁月剥蚀的小庙。我去的时候，他们总是无言，轻轻地动作，任阳光一寸一寸移到神案之前，等到他们工作完后，总是相携着手，慢慢左拐右弯地消失在小巷的尽头。

我曾在信义路附近的巷子口，看过一对捡拾破烂的中年夫妻，丈夫吃力地踩着一辆三轮板车，口中还叫着收破烂特有的语言，妻子经过每家门口，把人们弃置的空罐酒瓶、残旧书报一一丢到板车上，到巷口时，妻子跳到板车后座，熟练安稳地坐着，露出做完工作欣慰的微笑，丈夫也突然吹起口哨来了。

我曾在通化街的小面摊上，仔细地观察一对卖牛肉面的少年夫妻；丈夫总是自信地在腾腾的锅边下面条，妻子则一边招呼客人，一边清洁桌椅，一边还要蹲下腰来洗涤油污的碗碟。在卖面的空档，他们急急地共吃一碗面，妻子一径地把肉夹给丈夫，他们那样自若，那样无畏地生活着。

我也曾在南澳乡的山中，看到一对刚做完香菇烘焙工作的山地夫妻，依偎地共坐在一块大石上，谈着今年的耕耘与收成，谈着生活里最细微的事，一任顽皮的孩童丢石头把他们身后的鸟雀惊飞而浑然不觉。

我更曾在嘉义县内一个大户人家的后院里，看到一位须发俱白的老先生，爬到一棵莲雾树上摘莲雾，他年迈的妻子围着布兜站在莲雾树下接莲雾，他们的笑声那样年少，连围墙外都听得清明。他们不能说明什么，他们说明的是一炉燃烧了很久的香还会有它的温暖，那香炉的烟虽弱，却有力量，它顺着岁月之流可以飘进任何一扇敞开的门窗。

每当我看到这样的景象，总是站得远远的仔细听，香炉的烟声传来，其中好像有瀑布奔流的响声，越过高山，流过大河，在我的胸腹间奔湍。如果没有这些生活平凡的动作，恐怕也难以印证情爱可以长久吧！

童年的鸳鸯香炉,经过几次家族的搬迁,已经不知流落到什么地方,或者在另一个少年家里的神案上,再要找到一个同样的香炉恐怕永不可得,但是它的造型、色泽以及在荷叶上栖息的姿势,却为时日久还是鲜锐无比。每当在情感挫折生活困顿之际,我总是循着时间的河流回到岁月深处去找那一盏鸳鸯香炉,它是情爱最美丽的一个鲜红落款,情爱画成一张重重叠叠交缠不清的水墨画,水墨最深的山中洒下一条清明的瀑布,瀑布流到无止尽地方是香炉美丽明晰的章子。

鸳鸯香炉好像暗夜中的一盏灯,使我童年对情感的认知乍见光明,在人世的幽晦中带来前进的力量,使我即使只在南京东路宝石店橱窗中,看到一对普通的鸳鸯瓷器都要怅然良久。就像坐在一个黑乎乎的房子里,第一盏点着的灯最明亮,最能感受明与暗的分野,后来即使有再多的灯,总不如第一盏那样,让我们长记不熄;坐在长廊尽处,纵使太阳和星月都冷了,群山草木都衰尽了,香炉的微光还在记忆的最初,在任何可见和不可知的角落,温暖地燃烧着。

# 松子茶

朋友从韩国来，送我一大包生松子，我还是第一次看到生的松子，晶莹细白，颇能想起"空山松子落，幽人应未眠"那样的情怀。

松子给人的联想自然有一种高远的境界，但是经过人工采撷、制造过的松子是用来吃的，怎么样来吃这些松子呢？我想起饭馆里面有一道炒松子，便征询朋友的意见，要把那包松子下油锅了。

朋友一听，大惊失色："松子怎么能用油炒呢？"

"在台湾，我们都是这样吃松子的。"我说。

"罪过，罪过，这包松子看起来虽然不多，你想它是多少棵松树经过冬雪的锻炼才能长出来的呢？用油一炒，不但松子味尽失，而且也损伤了我们吃这种天地精华的原意了。何况，松子虽然淡雅，仍然是油性的，必须用淡雅的吃法才能品出它的真味。""那么，松子应该怎么吃呢？"我疑惑地问。"即使在生产松子的韩国，松子仍然被看作珍贵的食品，松子最好的吃法是泡茶。"

"泡茶？""你烹茶的时候，加几粒松子在里面，松子会浮出淡淡的油脂，并生松香，使一壶茶顿时津香润滑，有高山流水之气。"

当夜，我们便就着月光，在屋内喝松子茶，果如朋友所说的，极平凡的茶加了一些松子就不凡起来了。那种感觉就像是在遍地的绿草中突然开起优雅的小花，并且闻到那花的香气，我觉得，以松子烹茶，是最不辜负这些生长在高山上历经冰雪的松子了。

"松子是小得不能再小的东西，但是有时候，极微小的东西也可以做情绪的大主宰，诗人在月夜的空山听到微不可辨的松子落声，会想起远方未眠的朋友，我们对月喝松子茶也可以说是独尝异味，尘俗为之解脱，我们一向在快乐的时候觉得日子太短，在忧烦的时候又觉得日子过得太长，完全是因为我们不能把握像松子一样存在我们生活四周的小东西。"朋友说。

朋友的话十分有理，使我想起人自命是世界的主宰，但是人并非这个世界唯一的主人。就以经常遍照的日月来说，太阳给了万物生机和力量，并不单给人们照耀；而在月光温柔的怀抱里，虫鸟鸣唱，不让人在月下独享。即使是一粒小小松子，也是吸取了日月精华而生，我们虽然能将它烹茶、下锅，但不表示我们比松子高贵。

佛眼和尚在禅宗的公案里，留下两句名言：

水自竹边流出冷，风从花里过来香。

水和竹原是不相干的，可是因为水从竹子边流出来就显得格外清冷；花是香的，但花的香如果没有风从中穿过，就永远不能为人所知。可见，纵是简单的万物也要通过配合才生出不同的意义，何况是人和松子？

我觉得，人一切的心灵活动都是抽象的，这种抽象宜于联想；得到人世一切物质的富人如果不能联想，他还是觉得不足；倘若是一个贫苦的人有了抽象联想，也可以过得幸福。这完全是境界的差别，禅宗五祖曾经问过："风吹幡动，是风动？还是幡动？"六祖慧能的答案可以作为一个例证："不是风动，不是幡动，是仁者心动。"

仁者，人也。在人心所动的一刻，看见的万物都是动的，人若呆滞，风动幡动都会视而不能见。怪不得有人在荒原里行走时会想起生活的悲境大叹："只道那情爱之深无边无际，未料这离别之苦苦比天高。"而心中有山河大地的人却能说出"长亭凉夜月，多为客铺舒"，感怀出"睡时用明霞作被，醒来以月儿点灯"等引人遐思的境界。

一些小小的泡在茶里的松子，一粒停泊在温柔海边的细沙，一声在夏夜里传来的微弱虫声，一点斜在遥远天际的星光……它全是无言的，但随着灵思的流转，就有了炫目的光彩。记得沈从文这样说过："凡是美的都没有家，流星、落花、萤火，最会鸣叫的蓝头红嘴绿翅膀的王母鸟，也都没有家的。谁见过人蓄养凤凰呢？谁能束缚着月光呢？一颗流星自有它来去的方向，我有我的去处。"

灵魂是一面随风招展的旗子，人永远不要忽视身边事物，因为它也许正可以飘动你心中的那面旗，即使是小如松子。

# 木鱼馄饨

深夜到临沂街去访友,偶然在巷子里遇见多年前旧识的卖馄饨的老人,他开朗依旧,风趣依旧,虽然抵不过岁月风霜而有一点佝偻了。

四年多以前,我客居在临沂街,夜里时常工作到很晚,每天凌晨一点半左右,一阵清越的木鱼声,总是响进我临街的窗口。那木鱼的声音非常准时,天天都在凌晨的时间敲响,即使在风雨来时也不间断。

刚开始的时候,木鱼声带给我一种神秘的感觉,往往令我停止工作,出神地望着窗外的长空,心里不断地想着:这深夜的木鱼声,到底是谁敲起的?它又象征了什么意义?难道有人每天凌晨一时在我住处附近念经吗?

在民间,过去曾有敲木鱼为人报晓的僧侣,每日黎明将晓,他们就穿着袈裟草鞋,在街巷里穿梭,手里端着木鱼滴滴笃笃地敲出低沉雄长的声音,一来叫人省睡,珍惜光阴;二来叫人在心神最为清明的五更起来读经念佛，以求精神的净化；三来僧侣借木鱼报晓来布施化缘，得些斋衬钱。我一直觉得这种敲木鱼报佛音的事情，是中国佛教与民间生活相契的一种极好的佐证。

但是，我对于这种失传于闾巷很久的传统，却出现在台北的临沂街感到迷惑。因而每当夜里在小楼上听到木鱼敲响，我都按捺不住去一探究竟的冲动。

冬季里有一天，天空中落着无力的飘闪的小雨，我正读着一册印刷极为精美的《金刚经》，读到最后"一切有为法，如梦幻泡影，如露亦如电，应作如是观"一段，木鱼声恰好从远处的巷口传来，格外使人觉得昊天无极，我披衣坐起，撑着一把伞，决心去找木鱼声音的来处。

那木鱼敲得十分沉重着力，从满天的雨丝里穿扬开来，它敲敲停停，忽远忽近，完全不像是寺庙里读经时急落的木鱼。我追踪着声音的轨迹，匆匆地穿过巷子，远远的，看到一个披着宽大布衣，戴着毡帽的小老头子，他推着一辆老旧的摊车，正摇摇摆摆地从巷子那一头走来。摊车上挂着一盏四十烛光的灯泡，随着道路的颠踬，在微雨的暗道里飘摇。一直迷惑我的木鱼声，就是那位老头所敲出来的。

一走近，才知道那只不过是一个寻常卖馄饨的摊子，我问老人为什么选择了木鱼的敲奏，他的回答竟是十分简单，他说："喜欢吃我的馄饨的老顾客，一听到我的木鱼声，他们就会跑出来买馄饨了。"我不禁哑然，原来木鱼在他，就像乡下卖豆花的人摇动的铃铛，或者是卖冰水的小贩手中吸引小孩的喇叭，只是一种再也简单不过的信号。

是我自己把木鱼联想得太远了，其实它有时候仅仅是一种劳苦生活的工具。

老人也看出了我的失望，他说："先生，你吃一碗我的馄饨吧，完全是用精肉做成的，不加一点葱菜，连大饭店的厨师都爱吃我的馄饨呢。"我于是丢弃了自己对木鱼的魔障，撑着伞，站立在一座红门前，就着老人摊子上的小灯，吃了一碗馄饨。在风雨中，我品出了老人的馄饨，确是人间的美味，不下于他手中敲的木鱼。

后来，我也慢慢成为老人忠实的顾客，每天工作到凌晨，远远听到他的木鱼，就在巷口里候他，吃完一碗馄饨，才开始继续我一天未完的工作。

和老人熟了以后，才知道他选择木鱼作为馄饨的讯号有他独特的匠心。他说因为他的生意在深夜，实在想不出一种可以让远近都听闻而不至于吵醒熟睡人们的工具，而且深夜里像卖粽子的人大声叫嚷，是他觉得有失尊严而有所不为的，最后他选择了木鱼——让清醒者可以听到他的叫唤，却不至于中断了熟睡者的美梦。

木鱼总是木鱼，不管从什么角度来看它，它仍旧有它的可爱处，即使用在一个馄饨摊子上。

我吃老人的馄饨吃了一年多，直到后来迁居，才失去联系，但每当在静夜里工作，我仍时常怀念着他和他的馄饨。

117

老人是我们社会角落里一个平凡的人，他在临沂街一带卖了三十年馄饨，已经成为那一带夜生活里人尽皆知的人，他固然对自己亲手烹调后小心翼翼装在铁盒的馄饨很有信心，他用木鱼声传递的馄饨也成为那一带的金字招牌。木鱼在他，在吃馄饨的人来说，都是生活里的一部分。

那一天遇到老人，他还是一袭布衣、还是敲着那个敲了三十年的木鱼，可是老人已经完全忘记我了，我想，岁月在他只是云淡风轻的一串声音吧。我站在巷口，看他缓缓推走小小的摊车消失在巷子的转角，一直到很远了，我还可以听见木鱼声从黑夜的空中穿过，温暖着迟睡者的心灵。

木鱼在馄饨摊子里真是美，充满了生活的美，我离开的时候这样想着，有时读不读经都是无关紧要的事。

# 好雪片片

阳明山的樱花，我最喜欢"想启小馒头"对面那三棵樱花树。

三棵樱花树皆高数丈，花开满树红，燃烧人的眼目。

我每次站在那樱花之前，总舍不得离开视线、闭起眼睛。有时就买一袋小馒头坐在地上，一口一口吃着各种口味的馒头，山药、南瓜、芋头、黑糖、绿茶……一直到小馒头吃完，才依依不舍地和树道别。

那三棵樱花树可能不是阳明山最美的，却是与我的友谊最长远，属于"人生只如初见"的朋友。

小学三年级，我第一次到台北，堂哥带我从平等里步行上阳明山，沿路看樱花。那是此生第一次看见樱花，被樱花的美感动不已。

及至走到三棵老樱树前，感动得哭了，难以想象人间有这么美的花树。

后来住在台北，年年花季前都会到那里去看花，仿佛默默有个约定，从第一次相遇，匆匆，五十年过去了。

今年在国外居停久了，回来立刻去探视，才二月初，樱花谢了，吐出新芽。我站在对面地上，怅然不已。

卖小馒头的老板说，今年这三棵樱花开得最早，过年那几天就盛开，谁也料不到！过年后连续下大雨，一星期全掉光了！这世界，天气实在变得太恐怖了。

樱花年年开，我们的人生却是每年都大有不同呀！

我买了一个笋包，在树下吃了起来，看到樱树上满满的绿色芽苗，红与绿虽然不同，美却是一样的。我们执着于每年的花季，但对努力开放的花树，每一季都是美的，你爱其华，就要爱其芽，甚至爱每一枝枯去的树枝。

你爱树，也要爱树后的山，以及空山的雨，和飘流的风。

"罗汉不三宿空桑，以免对桑树留情。"你不是罗汉，你还有所眷恋，你还留有一丝有情，你还期待着明年的花期。

回来的时候，走过那还盛开着的金合欢，遇到路边那棵硕大的木兰，身心无浊意，山水有清音，这世界原来如是美好。

庞蕴居士开悟了，拜别他的师父药山禅师，走到禅寺的大门，突见满天飞雪，感叹地说："好雪片片，不落别处！"

生活中每一片雪都是美好的，都下在我们的心田，不执有无、不必分别、没有高下。

每一片雪的落下，都是必然的，也是偶然。

每一朵花的兴谢，都是偶然的，也是必然。

每一个人生的因缘,虽不可预知,却有既定的流向。

触目遇缘,皆成真如。

好樱片片,亦不落别处!

/林清玄散文精选/

# 清风送白云

有时候我到寺庙里参访,在门槛的柱子上,
或在容易跌倒的阶梯上,
就会看见贴着"看脚下"三字,
顿时心里一阵感动,有一种体贴之感,
因为那时如果不看脚下,立刻就会跌倒了。

# 步步起清风

　　这个世界上，有许多人可以告诉我们远方的美景，
却没有一个人，能代替我们走茫茫的夜路。
我们的脚下虽是方寸，方寸里自有乾坤。

　　我很喜欢禅宗的一个公案：

　　五祖法演禅师门下有三个杰出的弟子，佛果克勤、佛鉴慧动、佛眼清远，时人号称"三佛"。

　　有一天，法演带着三个弟子，在山下的凉亭夜话，回寺的时候，灯突然灭了。

　　在黑暗中，法演叫每一位弟子说出自己的心境。

　　佛鉴说："彩凤丹宵。"

　　佛眼说："铁蛇横古路。"

　　佛果说："看脚下！"

　　法演当场给佛果印可说："将来传扬我的宗风只有你呀！"后

来，佛果克勤禅师果然宗风大盛。

我喜欢这个公案，原因是它的直截了当，一个人在无灯的黑夜走路，不必思维，只要看脚下就好。其次，我喜欢它的明白平常，简单的三个字就说明了，禅的根本精神是从站立的地方安身立命，没有比脚下更重要的地方了，因为一失足就成千古恨。

"看脚下"虽然如此简明易懂，却意味深长，六祖所说的"密在汝边"，祖师所说的"会心不远"，都是在说明真正美妙的心灵经验，不必到远处去追求。可惜大部分的人，都是舍弃了心灵的空地，去追求远处的境界，那就无法"即心是道场"，不能即刻点起已被风吹熄的烛火，继续前进。

不能看脚下的人，自然不能立定脚跟，这在禅宗里叫作"脚跟未点地"，也叫作"脚下生烟"，一个人的脚下如果生起烟雾，便无法落实于真切的生命，就好像腾云驾雾地过着虚妄的生活。

有时候我到寺庙里参访，在门槛的柱子上，或在容易跌倒的阶梯上，就会看见贴着"看脚下"三字，顿时心里一阵感动，有一种体贴之感，因为那时如果不看脚下，立刻就会跌倒了。

"看脚下"其实包括了禅宗几个重要的精神，第一个精神是要活在当下，不活在过去与未来之中。人生的忧恼，大部分是来自过去习气的牵绊，以及对未来欲望的企图，如果时刻活在现前的一境，忧恼立即得到截断，例如喝茶的时候，如果专注于喝茶，不心思外驰，立刻可以得到专注之境。这不只是开悟的境界，一般人也可以领受和体验。

马祖道一禅师开悟以后,声名大噪,他未出家前结交的几位老朋友,对马祖的开悟半信半疑,于是相约一起去见马祖,并且希望能沿路想一些问题去请教请教。

这几位农民出发不久,就看见一只老黄牛绑在大树上,鼻子穿了一根绳子。黄牛由于不能走远,就绕这棵树行走,最后把鼻子碰在树上,又往反方向绕,越转越紧,又碰在树上,其中一位就说:"我们就拿这件事去请示马祖好了。"

再往前走不久,突然看见一只秋蝉飞来,脚跟被蜘蛛丝粘住了,飞不过去,心里一着急,吱吱大叫。蜘蛛看见秋蝉粘在树上,立刻赶过来要吃它,在这生死关头,秋蝉奋力一冲,呼噜一声,离开蛛丝飞走了。其中一位说:"我们再把这件事去请示马祖。"

最后,他们见到马祖,第一位就问说:"如何是团团转?"

"只因绳子不断。"

"绳子断了,又如何?"

"逍遥自在去也!"

马祖的老朋友听了都很吃惊,马祖明明没见到老牛,怎么知道我们问什么呢?第二位又问:

"如何是吱吱叫?"

"因脚下有丝!"

"丝断了,又如何?"

"呼噜飞去了!"

马祖的老朋友当下都得到了开启。

使人生不能自在的,是由于过去习气的绳子拉着我们团团转;使我们不能自由的,是情丝无法斩断。如果能回到脚下,一念不生,就自由自在了。

第二个看脚下的精神,是以平常心过日常生活,例如经常教人参"无"字公案的赵州禅师,每每对初来的人说"吃茶去!""吃粥也未?"马祖道一也说:"吃饭时吃饭,睡觉时睡觉。"百丈怀海说的:"一日不作,一日不食。"都是在示人,以圆融的态度来过平常的生活,而不是去追求不着边际的开悟。

"看脚下"是以平等的态度来对待生活里的一切,不为某些特殊的目的而放弃对历程的深思与体验,在每一个朝夕,都能"不离当处湛然",如果喝茶吃粥时有湛然清明的心,其尊贵至高并不逊于人间伟大的事功。

《六祖坛经》一开始时就说:"于一切时中,念念自见,万法无滞,一真一切真,万境自如如。如如之心,即是真实。若如是见,即是无上菩提之自性也。"

在每一刻的真实中,万法的真实即在其中,"掬水月在手,弄花香满衣",掬水或弄花是平常而平等的,明月在手、花香满衣就变得十分自然。如果不能善待眼前的片刻,不就像以手捉月、舍花逐香吗?哪里可得呢?

看脚下的第三个精神,是以法为灯,以自为灯,去除依赖的心。

山中的烛火熄了,不仅要照看自己的脚下,还要以自己的眼睛和心灵为灯,小心地走路,这个世界上虽有许多人可以告诉我们远处美丽的风景,却没有一个人能代替我们走茫茫的夜路。

只要点燃心中的灯,一心一意地生活下去,便可以展现充实的生命。一般人无法见及生命的丰盈,不能免于恐惧,只缘于没有脚跟着地罢了。

接着,我们的灯如果燃起,就可以照看到"看脚下"的最高境界,是云门禅师所说的"日日是好日",不管晴、雨、悲、喜,身心都能安然,甚至于连心痛的时刻,都能知道明日可能没有心痛之境,而坦然欢喜。

"日日是好日",表面上是"每天都是黄道吉日"的意思,但内在里更深切的意义是"不忧昨日,不期明日",是有好的心来看待或喜或悲的今天,是有好的步伐,穿越每日的平路或荆棘,那种纯真、无染、坚实的脚步,不会被迷乱与动摇。

在喜乐的日子,风过而竹不留声;在无聊的日子,不风流处也风流;在苦恼的日子,灭却心头火自凉;在平凡的日子,有花有月有楼台;随处做主,立处皆真,因为日日是好日呀!

"看脚下"真是一句韵味深长的话,这是为什么从前把修行人走的路叫作"虎视牛行"——有老虎一样炯炯的眼神,和牛一般坚实的步伐;也叫作"华严狮子"——每一步都留下深刻的脚印。

从远的看，人生行路苍茫，似乎要走很多的步幅；从近的看，生死之间短促，只是一步之间；在每一步里，脚底都有清凉的风，则每一步都不会错过。

那么，不管灯熄灯亮，不管风雨雷电，不管高山深谷，回来看脚下吧！脚下虽是方寸，方寸里自有乾坤。

# 清风送白云

幸为福田衣下僧,乾坤赢得一闲人。

有缘即住无缘去,一任清风送白云。

——百丈怀海禅师

百丈怀海与他的师父马祖道一是禅宗的关键人物,也是使禅彻底中国化的人物。若没有他们的改革与创造,禅宗就难以维持法脉于不坠。

他最重要的革新是创建了"百丈丛林清规",到百丈的时候,中国的丛林已经有很大的规模,常有数百人,甚至数千人聚集在丛林中生活。人数一旦众多,又是四方云游而来的禅者,良莠不齐,如果没有好的组织制度,很难维持井然有序的修行生活。

习禅的人追求的是身心的自在,但并不是放任的,在生活上要有严格的规矩。因此,百丈订出规矩,设"长老""方丈""维那"之职,并把禅者分成十务(主饭者叫饭头,主菜者叫菜头),每务设首领一人，下设营事多人，白天自由参学，晚上则聚在长床上睡眠。

百丈的丛林里不设佛殿，唯建法堂，以表示禅是超乎语言形象的。

住在丛林里必须接受两种约束：一是对喧扰清众的人，抽下他的挂搭（衣服川具），摈令出院，以安清修的人。二是对违犯丛林规矩的人，聚众放火把他的衣钵道具烧掉，从侧门逐出。

百丈丛林清规的建立，使得不论有多少人参学，都不至于混乱，对闹事的人则给予处分，建立清修的道场。

百丈的第二个重要革新是，规定居住丛林的人都要工作，"一日不作，一日不食"。打破了印度僧团"不可耕作"的律制，使禅的修行落实于生活，并且杜绝了僧人无用的口实，历代丛林因此能自给自足，不再仰人供养了。

百丈不仅是改革者，也是实践家，他到九十岁的时候还每天下田耕作，他的弟子看不过去，就把他的耕作用具收藏起来，希望师父不要下田了。百丈因此停止进食，饿了两天以后，弟子不得不把工具还他，他才又吃饭。百丈一直工作到九十五岁圆寂的时候。

百丈死后才三十年，就遇到唐武宗灭佛，历史上说这次灭佛，一共有二十五万五百余僧尼被迫还俗，有四万四千六百余所寺庙遭到破坏。佛教各宗派被劫一空，只有禅宗幸存，发展得更比以前蓬勃，最大的功劳是百丈禅师，一者他唯建法堂不设佛像，使禅宗在没有经典、没有佛像的时代还能继续发扬。二者他规定和尚要劳作，使他们不再寄生于社会，可以自力生活。

仅此两者，就足以使百丈禅师明耀千古了，但他更伟大的突破是他坚持劳作，并使劳作成为修行的重要生活。在他之前，习禅的人通常偏向于内在的修行，使得大家重出世法，不重入世法，百丈的"一日不作，一日不食"是打破了物质与心灵的界限，使内在外在浑然一体，使自性的修行融通了形上形下。

不只是出家的僧侣，即使是在家的修行者也应常念"一日不作，一日不食"，作为修行的箴言，并感恩百丈禅师的德泽。

百丈还有一句话为千古传诵，他曾对弟子黄檗希运说："见兴师齐，减师半德，见过于师，方堪传授，子甚有超师之见。"一个立志修行的人，应该胸怀识见超过自己的老师，只有识见超过老师的才值得传授，要不然，愈传愈糟，禅法岂不灭了？能这样赞叹自己的学生，益发使我们看见百丈的伟大之处。

他的弟子里出了沩山灵佑、黄檗希运、福州大安、沾灵神赞等等，都是禅门龙象，在这方面，他的伟大并不逊于丛林清规的创建。

千年之后，我们读他的诗还能感受到他伟大的胸怀，文末再选录一首：

　　放出沩山水牯牛，无人坚执鼻绳头。
　　绿杨芳草春风岸，高卧横眠得自由。

# 平常心不是道

现在学禅的人，或甚至不学禅的人最常挂在口边的一句是"平常心是道"。

对于学禅的人，历来的祖师不都告诉我们，道在寻常日用之间吗？因此，"饥来吃饭，困来即眠"是道，"行住坐卧，应机接物"是道，"喝茶、吃粥、洗钵"也是道，连瓦砾里都有无上法，何况是平常心呢？所以，大家只顾吃饭、睡觉就好了，哪里用得着拼老命地修行呢？

对于不学禅的人，有许多从禅宗里盗了"平常心是道"的话，就以此为借口，认为天下无道可学，只要平常过日子就好了，甚至嘲笑那些困苦修行的人说："你们的祖师不是说平常心是道吗？何用这样精进辛苦地修行？"

到底，平常心是不是道呢？

要知道平常心是不是道，我们先来看"平常心是道"的起源。

中国禅宗史上，第一位提出"平常心是道"的是马祖道一禅师，在《景德传灯录》里记载他向门人的开示:"道不用修,但莫污染。何为污染?但有生死心,造作趣向,皆是污染。若欲直会其道,平常心是道。谓平常心,无造作、无是非、无取舍、无断常、无凡无圣。"这是"平常心是道"的来源。

在这段开示后,马祖道一禅师又有一些话用来解释"平常心是道",我在这里摘取易于了解的段落:

"行住坐卧,应机接物,尽是道。道即是法界,乃至河沙妙用,不出法界。"

"名等义等,一切诸法皆等,纯一无杂。若于教门中得,随时自在。建立法界,尽是法界;若立真如,尽是真如。若立理,一切法尽是理;若立事,一切法尽是事。"

"一切法皆是佛法,诸法即解脱,解脱者即真如,诸法不出于真如,行住坐卧,悉是不思议用,不待时节。"

这些都是白话,不难明白,意思是当一个人反观自心,证得妙用的本性,他就能进入纯粹自在平等无我的境界,那时他了解达到自性是没有生灭的,知道法身无穷遍满十方。到了这个时候,他自然能平常地对待外在事物,不会为造作、是非、取舍、断常、凡圣所执着了。

也即是说,当一个人明心见性,不为外来的情况所转动的时候,他才能时时无碍,处处自在,事理双通,进入平常的世界。平常不是指外面的改变,而是说不论碰到任何景况,自己的心性都能不动如

平常心不是道

一。

　　了解到这一层，我们就知道"平常心是道"没有那么简单，在禅的精神里，只有见性人才能说"平常心是道"，一般学禅的人，心性都还没找到，怎么谈得上平常心呢？

　　因此，对刚开始修行的人，平常心不是道，而是流血奋斗的事业，要透过非常的努力追求心性的开悟，而不能一开始就像祖师们一样说"平常心是道"。

　　关于"平常心是道"，最有名的一首诗是宋朝无门慧开的作品：

　　　　春有百花秋有月，夏有凉风冬有雪。
　　　　若无闲事挂心头，便是人间好时节。

　　像我们每天闲事挂在心头的人，只有时常对自己提醒"平常心不是道"，勇猛求菩提，才有机会体验四季的每一时刻都是"好时节"的平常心，否则大海红尘、平地波涛，刹那就把我们淹埋，哪里还有什么平常心！

# 摩顶松

玄奘法师将要到西域取经之前,住在灵岩寺,寺院前有一棵松树,玄奘有一天立在庭前仰望浩渺的云天,用手抚摩松树说:"我马上要到西方去求佛法了,你从今天起可以向西长;如果我要回来的时候,你就向东长吧!使我的徒弟们知道我要回来了!"

然后,玄奘整装往西域出发,那时是唐太宗贞观元年。他走了以后那棵松树的枝干年年往西长,长到数丈长。有一年,弟子突然看到松枝向东边长,都说:"师父要回来了。"于是群向西方迎接,果然,那一年玄奘从西域回来,回到长安时是贞观十九年正月二十五日,整整十九年的岁月。

传记里说他回到长安城时"道俗奔迎,倾都罢市",整个长安城全部来迎接玄奘大师,由于人太多了,"长安市政府"规定从朱雀街到弘福寺的门口,人都不准移动,以免互相践踏而受伤,可见当时欢迎的热烈景象。

但是,第一个欢迎玄奘回国的却是灵岩寺的那棵松树。后人为了纪念这棵松树的灵感，称这棵松树为"摩顶松"。玄奘的几部传记都记载了摩顶松的故事，像《神僧传》《佛祖统纪》等书。

我很喜欢"摩顶松"的传说，它和释迦牟尼佛的证道时所见到的晨星，同样有深刻的象征寓意，里面表达了玄奘感性的一面，以及在极坚固的志愿中，有着柔软的心。

想一想，玄奘从长安神邑出发，以印度的王舍新城为终点，长途跋涉达五万余里，来回十万余里，是一条多么漫长的道路。在《西游记》里虽然安排了孙悟空、猪八戒、沙悟净，使得玄奘的取经之路显得很热闹，但我们看玄奘的传记，发现事实并非如此，而是他孤独地走向陌生之旅，这里面如果没有金刚一样坚固的志愿，菩萨一样柔软的心肠，如何能至呢？

当他从印度取经回来，皇帝召见他时问他："你能到西方求法来惠利苍生，朕非常欣慰，但是朕一想到那山川的阻隔，风俗的不同，也为你能顺利来回感到惊讶呀！"

玄奘轻描淡写地说："奘闻乘疾风者，造天池而非远；御龙舟者，涉江波而不难。"

把那十万里的跋涉化成一缕轻烟，这是何等雄大的怀抱，玄奘以一介孤僧，所到之处都为人敬重，他在印度那烂陀寺时被选为通晓三藏的十德之一，在寺中宣讲《摄论》《唯识抉择论》。后来，他会见了戒日王。国王邀他为论主，在曲女城召开一次大规模的佛学辩论大会，有五印度十八个国王、三千位大小乘佛教学者、两千位外道参加，由玄奘大师讲论，任人问难，但没有一个问题能问倒他，从此玄奘大师威震五印，被大乘行者称为"大乘天"，小乘行者称为"解脱天"。

这是玄奘传记中的几件小事，我们已经可以看出他是悲慧具足的高僧，对中国佛教有着不可磨灭的贡献。

我从小就很喜欢玄奘，原因是在《西游记》里，他是活生生的人物，另一个原因是我的名字有一个"玄"字，常常自我介绍时说不清楚，就说："是玄奘法师的玄。"听的人立刻就懂了。

比较不喜欢的是，在《西游记》里把玄奘写成了一个软脚虾，离开孙悟空的时候简直像白痴一样，任人摆布、任人宰割。其实在他的传记里，玄奘是一位智勇双全的修行者，有着许多神变与伏魔的记载，和《西游记》里的唐三藏真是大相径庭。还有，玄奘在西域印度各地都有极精彩的表现，各国国王均尊为"圣僧"，这在《西游记》里也都略而不提，真希望将来有时间，我能写一部《真西游记》！

在唐玄奘回国后，有一天唐太宗对群臣说："昔苻坚称释道安为神器，举朝尊之。朕今观法师词论典雅，风节贞峻，非惟不愧古人，亦乃出之更远！"

这段话出自皇帝的口，也是对玄奘这样千秋万古的人物一个恳切的评价了。

# 柔软的耕耘

童年时代，家里务农，种了许多作物，不管是要种什么，父亲带我们做的第一件事情就是翻松土地。

如果是种稻子或甘蔗，就用牛犁，一行一行地把土地翻过来，再翻过去，最少要把两尺深的硬土整个松过一遍。父亲的说法是："土地是有地力的，种过的土地表层已经耗去地力，所以要把有地力的沙土，从深的地方翻出来。而且，僵硬的土地是什么作物也不能种植的，柔软的土地才是有用的土地。"

如果是尚未种过的土地，就要用锄头松土，因为怕牛犁损坏了。先要把地上的杂草拔除，然后一锄一锄地掘下去，掘起来的土中夹着石头，要把石头拾到挑篮里。这些石头被挑到田畔去做水圳，以利灌溉和排水，并保护土地。

第一次耕种的土地要掘到四尺深，工作是非常繁剧的。

"为什么要掘这么深？"有一次我问父亲。

他说："不管是种什么作物，根是最要紧的，根长得深，长得牢固，作物的生长就没有问题。要根长得深和牢固，就要把石头和野草的根彻底地除去，要使土地松软。土地若是不松软，以后撒再多肥料也没有用呀！"

童年松土的记忆深埋在我的心里，知道强根固本的重要，但若没有柔软的土地，强根固本也就成为妄谈。人也是和土地一样，要先把心地松软了，一切菩提、智慧、慈悲，以及好的良善的品性，才有可能长得好。即使是年年长好作物的农田，也要每年除草、松土，才能种新的作物。

因此，一切正面的品德，最基础和根本的就是有一颗柔软的心。

柔软心在佛教的经典里常被提到，例如把十地菩萨的第五地称为"柔软地"。如来常教我们要有柔软的心、柔软的行为、柔软的语言；要柔顺、柔法、柔和忍辱、柔和质直。

例如在《法华经》里，佛就说柔和忍辱是如来的心，如果一个人有柔和忍辱的心，就可以防止一切嗔怒的毒害，如衣服可以防止寒热一样。佛说："如来衣者，柔和忍辱心是。""诸有修功德，柔和质直者，则皆见我身，在此而说法。"

例如在《大集经》里，佛说："于众生中常柔软语故，得梵音相。"因而把如来温和柔软的声音，称为清净殊妙之相。

什么是柔软心呢？就是不执着、不染杂、不僵化、能出污泥而不染的心。是指慧心柔软的人，能随顺真理，既能随顺人的本性不相违逆，又能与实相之理不相乖违。所以在《十住毗婆沙论》里说："柔软心者，谓广略止观相顺修行，成不二心也。譬如以水取影，清净相资而成就也。"那么，柔软心也可以说是不二的心，不分别的心，清净的心。

有柔软心的人才能真正地生起道德，也才能以这种柔软使别人生起道德。贤首菩萨曾说："柔和质直摄生德。"意思是慈悲平等、质直无伪的人，才能摄化众生进入正法。

我们都知道，佛教里以清净的莲花作为法的象征。莲花的十德里第五德就是"柔软不涩，菩萨修慈善之行，然于诸法亦无所滞碍，故体常清净，柔软细妙而不粗涩，譬如莲花体性柔软润泽。"（《佛说除盖障菩萨所问经》）所以，莲花也叫作"柔软花"。

据说在天界最鲜白柔软的花曼殊沙华，也叫作"柔软花"。不知道莲花与曼殊沙华是不是相同，但是把人间天上最美的花都叫作"柔软花"，可以见到其中深切的寓意。在西方净土诞生的人不也是在莲花上化生吗？可见，柔软，是独步于天上、人间、净土的。一个真正柔软心的人，在任何地方都是出入自由。传说地藏菩萨在地狱行走的时候，焚烧人的烈焰，一时之间都化成柔软美丽的红莲花来承接他的双足呀！

有柔软地才会耕耘出柔软心，不是来自印度的观念，中国本来就有。

传说老子的老师常枞要死的时候，老子去问法，请老师说出最后的教化。

常枞缓缓张开嘴巴，叫老子往嘴巴里看，问老子说："你看见什么？"

老子说："我只看见舌头。"

常枞说："牙齿还安在吗？"

老子说："牙齿都没有了。"

常枞说："这就是我给你上的最后一课。"

老子又问："而今而后，我要向谁请教？"

常枞说："你要以水为师，你可看河床的石头虽然坚硬无比，不久就被水穿成孔、流成槽了。"

说完，常枞就仙逝了。

这是中国古代讲柔软心的动人故事。常枞"以水为师"的教化可以和佛圆寂时说的"以戒为师"相互比美。以水的柔软为师，能知道天下最坚强的就是柔软；以戒的清净为师，能知道天下最有力量的是清净。

老子以水为师，说出了千古的真意："守柔曰强"，"弱之胜强，柔之胜刚"，"天下莫柔弱于水，而攻坚强者莫之能胜"，"江海所以能为百谷王者，以其善下之"。老子是通达柔软心的真实开悟者。

柔软的水才能千回百转，或成平湖、或成瀑布、或成湍流，天下没有可以阻挡的。柔软的土地才能生机绵延，或在平原、或在奇峰、或在污泥，都能展现生命的活力。柔软的心才能超越人生世相，或处痛苦、或陷逆境、或逢艰危，都能有着宽容、感恩、谦卑、无畏的心情。

故知柔软心是觉悟、是菩提、是般若波罗蜜多，是成就一切法门的根本心，也是一切法门成就的境界。

当我们说到修行，修行就是不断地松土、除草、捡石头，使土地维持在最好的状况吧！土地如果在最好的状况，随便撒一把种子，生机就会有无限的绵延。

童年松土的时候，时常会踩到石头跌伤，锄伤自己的脚踝，被虫蚁咬肿，甚至偶遇西北雨，回家就感冒了。但只要知道那是使土地柔软所必须付出的代价，就能安于刺痛、锄伤，与感冒。

每年，在土地完全翻松的时候，我站在田岸上，看着老牛吃草，白鹭鸶在土地上嬉戏，就仿佛已看见黄金色的稻子在晨风中点头微笑，看见了油菜花嫩黄的颜彩上有彩蝶翩翩，看见了和风吹抚在翠绿的芋叶上，夕照前的晚霞横过天际……

在土地翻松那一刻，我们已看见收成的景致呀！一个人有了柔软心也如是，仿佛闻到了《法华经》说的"花果同时"的芬芳！

# 活的钻石

一个孩子问我:"叔叔,这个世界上有没有比钻石更有价值的东西?"

我问他:"你怎么会问这个问题呢?"

他说:"因为报纸上刊登了一个模特儿穿着一件镶满钻石的礼服,听说价值是一亿呢!"

我说:"有呀!这个世界上所有活着的钻石都比钻石珍贵而有价值。"

"钻石不是矿物吗?怎么会有活的钻石呢?"

我告诉孩子,凡是有价值的、生长着的事物,我们都可以叫它是活的钻石。像我们可以说花是活的钻石、爱是活的钻石、智慧是活的钻石、一个孩子是活的钻石。我摸摸孩子的头说:"你也是活的钻石呀,如果用克拉来算,你的价值也超过一亿呢!"

孩子不可置信地看着我,从他的眼神中,我看到了价值的混乱。但是价值确是如此被混乱的,许多人误以为钻石的价值是真实的,反而不能相信世间有许多事物，其价值在钻石之上。

就像毒品好了，每次当警方查获大批的海洛因或安非他命，新闻报道常说："此次查获的毒品，价值五亿四千万元。"这使我们读了感到混乱，因为毒品在不吸毒的人眼中根本是一文不值的，甚至会伤身害命，怎么可以有那么高的"价值"？

钻石虽然不是毒品，但它的价值与价钱是值得思考的。钻石作为一种石头，它的价值是中立的，它的光芒，是因为附加的价值而显现。

如果是以钻石来表达爱情的永恒坚贞，钻石就变得有价值。

如果是以钻石来炫耀自己的虚荣，则钻石是一文不值的。

如果是以钻石参加慈善的义卖，去救助那些贫苦的众生，钻石就变得有价值。

如果把钻石收藏于柜中，甚至无缘见天日，则钻石是一文不值的。

有了好的附加价值，使钻石活了起来。

变成虚荣与炫耀的工具，钻石就死去了。

不只是钻石，所有无生命的、被认为珍宝的事物皆是如此，玉石、翡翠、珍珠、琥珀、琉璃、黄金、珊瑚等等，并没有真正的价值。

事物的价值是因为"意义"而确定的，意义则是由于"心的态度"而确立的。

如果我们真能确立以心为主的人格与风格，来延伸人生的意义与价值，就会显现生命的诚意，使生活的一切都得到宝爱与珍惜。每一朵花、每一个观点、每一段历程都变成"活的钻石"；每一分爱、每一次思维、每一次成长都以"克拉"来计算。

在这无常的世界，每一步都迈向空无的人间，重要的是"活"，而不是"钻石"。

每时每刻都是活生生的、都走向活的方向、都有完全的活。

每一个刹那都淳珍宝爱、都充满热诚与美、都有创造的力。

那么，生命就会有钻石的美好、钻石的光芒了。

/林清玄散文精选/

# 总有群星在天上

青春的珍惜是最重要的。
在不正常不平衡的爱里浪掷青春,
将会使人生的黄金岁月过得茫然而痛苦。
青春像鸟,应该努力往远处飞翔。
爱情纵使贵如黄金,在鸟的翅膀绑着黄金,
也会使最善飞翔的鸟为之坠落!

# 思想的天鹅

有时候我在想，人的思想究竟是像什么呢？有没有一种具象的事物可以来形容我们的思想？

偶尔，我觉得思想像彩色的蝴蝶，在盛开的花园中采蜜，但取其味，不损色香。而这蝴蝶不能在我们预设的花园中飞翔，它随风翻转，停在一些我们不能考察的花丛中，甚至让我们觉得，那蝴蝶停下来时有如一株花。

偶尔，我觉得思想犹如海洋，广度与深度都不可探测，在它涌动的时候，或者平缓如波浪，或者飞溅如海啸，或者反映蓝天与星光，只是，思想在某些时候会有莫名的力量，那像是渔汛或暖流、黑潮从不知的北方来到，那可能就是被称为"灵感"的东西。

偶尔，我觉得思想像是《诗经》中说的"鸢飞戾天，鱼跃于渊"的鸢或是鱼，上及飞鸟下至渊鱼，无不充满了生命力、无不欢欣愉悦，德教明察。鸢鸟的眼睛是最锐利的，可以在一千米以上的高空，看见茂盛草原上奔跑的一只小鼠；鱼的眼睛则永远不闭，那是由于海中充满凶险，要随时改变位置。

不过，蝴蝶的翅力太弱，生命也太短暂；而海洋则过于博大，不能主宰；鸢呢？鸢太过强猛，欠缺温柔的品质；鱼则过于惊慌，因本能而生活。

如果愿意给思想一个形象，我愿自己的思想像天鹅一样。天鹅的古名叫鹄，是吉祥的鸟，是"燕雀安知鸿鹄之志"中的那种两翼张开有六尺长的大鸟，它生长于酷寒的北方，能顺着一定的轨迹，越过高山大河到达南方的温暖之地。它既善于飞翔，非白即黑；它能安于环境，不致过分执着……天鹅有许多好的品性，它的耐力、毅力与气质，都是令人倾倒的，芭蕾舞剧《天鹅湖》中，对情感至死不渝的天鹅，不知道令多少人为之动容。

我愿意自己的思想浩大如天鹅之越过长空，在动荡迁徙的道路上，不失去温和与优雅的气质。更要紧的是，天鹅是易于驯养的，使我不至于被思想牵动，而能主引自己的思想，让它在水草丰美的湖滨自在优游。

据说，驯养天鹅有两个方法，一个是把天鹅的一边翅膀修剪，使它失去平衡不能飞，它就会安住于湖边。另一个方法是，把天鹅养在一个较小的池塘里，由于天鹅的起飞，必须先在水中滑翔一段路途，才能凌空而去，若池塘太小，它滑翔的路程太短就不能起飞了。从前，欧洲的动物园用前一个方法驯养天鹅，后来觉得残忍，而且展翅的时候很丑陋，所以现在都用后面的方法。

驯养思想的天鹅似乎不必如此，而是确立一个水草丰美的湖泊作为天鹅的家乡，让它保持平衡的双翼（智慧与悲悯），也让它有广大的湖泊（清明的自性），然后就放心地让它展翅翱翔吧！只要我们知道天鹅是季候之鸟，不管它是飞到万里之外，它在心灵中永远不会忘记自己的家乡。经过数万里时空，在千百劫里流浪，有一天，它就会飞回它的家乡。

传说从前科举时代有一段时间，凡是到京城应试的士子都要穿"鹄袍"，译成白话就是要穿"天鹅服"，执事的人只要看见穿白袍的人就会肃然起敬，因为那些穿着白衣的年轻孩子，将来会有许多位至公卿，是不可轻视的。佛教把居士称为"白衣"，称为"素"，也是这个意思。

思想的天鹅也像是身穿白袍的士子，纯洁、青春，充满了对将来的热望，在起飞的那一刻不能轻视，因为它会万里翱翔，主宰人的一生。

在我的清明之湖泊，有一只时常起飞的天鹅，我看它凌空而去，用敏锐的眼睛看着世界，心里充满对生命探索的无限热忱。我让那只天鹅起飞，心里一点也不操心，因为我知道天鹅有一个家乡，它的远途旅行只是偶然的栖息，它总会飞回来，并以一种优雅温柔的姿势，在湖中降落。

# 总有群星在天上

我沿着开满绿茵的小路散步，背后忽然有人说："你还认识我吗？"

我转身凝视她半天，老实地说："我记不得你的名字了。"

她说："我是你年轻时第一次最大的烦恼。"她的眼睛极美，仿佛是大气中饱孕露珠的清晨，试图唤醒我的回忆。

我默默地站了一会儿，感到自己就是那清晨，我说："你已卸下了你泪珠中的一切负担了吗？"

她微笑不语，我感觉到她的笑语就是从前眼泪所化成的。

"你曾说，"看到我有如湖水般清澈平静，她忍不住低声地说，"你曾说，你会把悲痛永远刻在心版。"

我脸红了，说："是的，但岁月流转，我已忘记悲痛。"

然后，我握着她的手说："你也变了。"

"曾经是烦恼的，如今已变成平静了。"她说。

最后，我们牵着手在开满绿茵的小路散步，两个人都像清晨大气中饱含的露珠,清澈、平静、饱满。

昨天悲痛的露珠早已消散,今晨的露珠也在微笑中,逐渐地消散了。

这是泰戈尔《即兴诗集》里的一段,我改写了一点点,使它具有一些"林清玄风格",寄给你。我觉得这一段话很能为我们情爱的过往写下注脚。我偶尔也会遇见年轻时给我悲痛与烦恼的人,就感觉自己很能接近这首叙事诗的心情了。

我很能体会你此时的心情,因为不想伤害别人,以致迟迟不能做出分手的决定。你是那样的善良与纯真(就像我的少年时代),可是,往往因为我们不忍别人受伤,到最后,自己却受了最大的伤害,那就像把一支蜡烛围起来烧一样(因为我们怕烧到别人),自己承受了浓烟和窒息。其实,只要我们把蜡烛拿到桌面上,黑暗的房子看得更清楚,自己和别人说不定因此有一些光明与温暖的体会。

这些年来,我日益觉得智慧的重要。什么是"智慧"呢?智是观察和思考的能力,慧是抉择与判断的能力。你的情形是很容易做观察和抉择的。爱上你的人是你不该爱的人,而选择分手可以使你卸下负担得到自由,为什么不选择及早地分手呢?你不忍对方受伤害,但是,爱必然会带着伤害,特别是不正常不平衡的爱,伤害是必然的,我们要学习受伤,别人也要学习受伤呀!

我再写一首泰戈尔的短诗给你:

烟对天空、灰对大地自夸：

"火是我们的兄弟。"

悲伤对心、烦恼对生命自矜：

"爱是我们的姊妹。"

问了火和爱，他们都说：

"我们怎么会有那样的兄弟姊妹？"

"我的兄弟是温暖和光明。"火说。

"我的姊妹是温柔与和平。"爱说。

在我们生命的岁月里，火和爱或许是必要的，但不必要弄得自己烟尘滚滚、灰头土脸，也不必一定要悲伤和烦恼，那就像每天有黎明与日落一般，大地是坦然地承受罢了。不正常与不平衡的爱是人生最好的启蒙，就如同乌云与暴风雨是天空最好的启示一般。关于心、关于生命，没有什么是真正的伤害，也没有什么是真正的好。雨在下的时候可能觉得自己对茉莉花是有好处的，但盛开的茉莉花可能因为一场微雨凋落了；暴晒的阳光可能觉得自己会伤害秋日的土地，但土地中的种子却因为阳光能青翠地发芽了。爱情的成熟与圆满正是如此，只要不失真心，没有什么可以伤害我们真实的生命。

在写信给你的时候，我的思想像一只天鹅飞翔，忆起自己在笔记上写过的一些东西：

箭在弓上时,箭听见弓的低语:

"你的自由是我给予的。"

箭射出时,回头对弓大声说:

"我的自由是我自己的。"

——没有飞翔,就没有自由。

——没有放下,就没有自由。

——没有自由,弓与箭都失去意义。

这些都是游戏的笔墨,我们千万别忘了弓箭之后有拉弓的力,力之后还有人,人还要站在一个广大的空间上。

人人都渴望爱情,即使我们正处在其中的爱情不是最好的,却因为渴求而盲目了,这一点连天神也不例外。希腊神话里太阳神阿波罗在追求猎户少女多妮时,因为追不到,使她被父亲化成一棵月桂树,然后感叹地说:"你虽不爱我,但最低限度你必须成为我的树。"从此,阿波罗的头上总是戴着月桂冠,纪念他对多妮的爱。牧神潘恩则把女神灵化成一簇芦苇,并把她化成一支芦笛随身携带。世上最美的少年那喀索斯无法全心地爱别人(因为他太爱自己了),最后他化为池中的一朵水仙花。另一位美少年许阿铿托斯则因为阿波罗的嫉妒而变成一枝随风飘泊的风信子……

神话是一个象征,象征人要从情爱中得到自由自在、无碍解脱是多么艰难呀!但是学习是人间的功课,到现在我还在学习,只是我每看到人在情爱中挣扎都是感同身受,希望别人早日得到超越,那是因为我们的学习不一定要自己深陷泥沼才会体验到,有观照之智、抉择之慧,也知道那泥沼的所在和深浅,绕道而行或跨步而过。

希望下次收到你的信,就听见你的好消息。我们不必编月桂冠戴在头上,不必随身携带芦笛,人生有许多花朵等我们去采。如果只想采断崖绝壁那一朵绝美的百合,很可能百合没有采到,清晨已经消逝了。

青春的珍惜是最重要的。在不正常不平衡的爱里浪掷青春,将会使人生的黄金岁月过得茫然而痛苦。青春像鸟,应该努力往远处飞翔。爱情纵使贵如黄金,在鸟的翅膀绑着黄金,也会使最善飞翔的鸟为之坠落!

屋里的小灯虽然熄灭了,

但我不畏惧黑暗,

因为,总有群星在天上。

爱情虽然会带来悲伤,

一如最美的玫瑰有刺,

但我不畏惧玫瑰,

因为,我有玫瑰园,

我只欣赏,而不采摘。

但愿这封信能抚慰你挣扎的心,并带来一些启示。

# 黄玫瑰的心

人只要有细腻的心去体会万象万法,到处都有启发的智慧。

一朵花里,就能看到宇宙的壮阔,看到美,以及不屈服的意志。

为了这绝望的爱情,我已经过了很长时间沮丧、疲倦,像行尸走肉的日子。

昨夜从矿坑灾变中采访回来,因疼惜生命的脆弱与无助,坐在眠床上不能入睡。清晨,当第一道阳光照入,我决定为那已经奄奄一息的爱情做最后的努力,我想,第一件该做的事是到我常去的花店买一束玫瑰花,要鹅黄色的,因为我的女朋友最喜欢黄色的玫瑰。

剃好胡子,勉强拍拍自己的胸膛说:"振作起来!"想起昨天在矿坑灾变后那些沉默哀伤但坚强的面孔,就出门了。

往市场的花店走去,想到在一起五年的女朋友,竟为了一个其貌不扬、既没有情趣又没有才气的人而离开,而我又为这样的女人去买玫瑰花,既心痛,又心碎;生气,又悲哀得想流泪。

到了花店，一桶桶美艳的、生气昂扬的花正迎着朝阳，开放。

找了半天，才找到放黄玫瑰的桶子，只剩下九朵，每一朵都垂头丧气，"真衰！人在倒霉的时候，想买的花都垂头丧气的。"我在心里咒骂。

"老板！"我粗声地问，"还有没有黄玫瑰？"

老先生从屋里走出来，和气地说："没有了，只剩下你看见的那几朵啦。"

"这黄玫瑰每一朵的头都垂下来了，我怎么买？"

"喔，这个容易，你去市场里逛逛，半个小时后回来，我包给你一束新鲜的、有精神的黄玫瑰。"老板赔着笑，很有信心地说。

"好吧！"我心里虽然不信，但想到说不定他要向别的花店去调，也就转进市场去逛了。心情沮丧时看见的市场简直是尸横遍野，那些被分解的动物尸体，使我更深刻地感受到这是一个悲苦的世界。小贩刀俎的声音，使我的心更烦乱。

好不容易在市场里熬了半个小时，再转回花店时，老板已把一束元气淋漓的黄玫瑰用紫色的丝带包好了，放在玻璃柜上。

我不敢相信自己的眼睛，我说："这就是刚刚那一些黄玫瑰吗？"——它们垂头丧气的样子还映在我的眼前！

"是呀！就是刚刚那些黄玫瑰。"老板还是笑嘻嘻地说。

"你是怎么做到的，刚刚明明已经谢了呀！"我听到自己发出惊奇的声音。

花店老板说:"这非常的简单,刚刚这些玫瑰不是凋谢,只是缺水,我把它们整株泡在水里,才二十分钟,它们全又挺起胸膛了。"

"缺水?你不是把它插在水桶里吗?怎么可能缺水呢?"

"少年仔,玫瑰花整株都要水呀!泡在水桶是它的根茎,它喝到的水就好像人吃饭一样。但是人不能光吃饭,人要用脑筋、有思想、有智慧,才能活得抬头挺胸。玫瑰花的花朵也需要水,在田野里,它们有雨水露水,但是剪下来就很少人注意了,很少人再给花的头浇水,一旦它的头垂下来,整株泡在水里,很快就恢复精神了。"

我听了非常感动,怔在当场:呀!原来人要活得抬头挺胸,需要更多的智慧,要常把干枯的头脑泡在冷静的智慧之水里。

当我告辞的时候,老板拍拍我的肩膀说:"少年仔!要振作咧!"这句话差点使我流泪,原来他早就看清我是一朵即将枯萎的黄玫瑰。

回到家,我放了一缸水,把自己整个人埋在水里,体会着一朵黄玫瑰的心,起来后通身舒泰,决定不把那束玫瑰送给离去的女友。

那一束黄玫瑰每天都会被我整株泡一下水,一星期以后才凋落花瓣,凋谢时是抬头挺胸凋谢的。

这是十几年前,我写在笔记上的一件真实的事,从那一次以后,我就知道了一些买回来的花垂头丧气的秘密。最近找到这一段笔记,感触和当时一样深,更确实地体会到,人只要有细腻的心去体会万象万法,到处都有启发的智慧。

一朵花里，就能看到宇宙的庄严，看到美，以及不屈服的意志。

有一位花贩告诉我，几乎是所有的白花都很香，愈是颜色艳丽的花愈是缺乏芬芳，他的结论是："人也是一样，愈朴素单纯的人，愈有内在的芳香。"

有一位花贩告诉我，夜来香其实白天也很香，但是很少人闻得到，他的结论是："因为白天人的心太浮了，闻不到夜来香的香气。如果一个人白天的心也很沉静，就会发现夜来香、桂花、七里香，连酷热的中午也是香的。"

有一位花贩告诉我，清晨买莲花一定要挑那些盛开的，结论是："早上是莲花开放最好的时间，如果一朵莲花早上不开，可能中午和晚上都不会开了。我们看人也是一样，一个人在年轻的时候没有志气，中年或晚年是很难有志气的。"

有一位花贩告诉我，愈是昂贵的花愈容易凋谢，那是为了要向买花的人说明："要珍惜青春呀！因为青春是最名贵的花！"

有一位花贩告诉我……

让我们来体会这有情世界的一切展现吧，当我们有大觉的心，甚至体贴一朵黄玫瑰，以心印心，心心相印，我们就会知道，原来在最近最平凡的一切里，就有最深最奇绝的睿智呀！

# 快乐真平等

不幸福，斯无祸；不患得，斯无失。

不求荣，斯无辱；不干誉，斯无毁。

有一个社团来请我演讲，令我感到意外的是，这社团参加的人至少都拥有上亿的财富。

我从来没有为这么有身价的人演讲过，便询问来联络的人："这些有财富的人要知道什么呢？"

"因为他们拥有太多的财富，有一些人已经失去快乐的能力！"

"怎么会呢？有钱不是很好的事吗？"我感到疑惑，可能是我从未想象有那么多财富，因而无从理解。

"会呀！一般人如果多赚一万元会快乐，对有十亿财产的人，多赚一百万也不及那样快乐。有钱人吃也不快乐，因为什么都吃过了，不觉得有什么特别好吃。穿也不快乐，买昂贵衣服太简单，不觉得穿新衣值得惊喜。甚至买汽车、买房子、买古董都是举手之劳，也没有喜乐了。钱到最后只是一串数字，已经引不起任何的心跳了。"

不只如此，这位有钱人的秘书表示，富有的人由于长时间的养尊处优，吃过于精致的食物，缺乏体力劳动，健康普遍都亮起黄灯和红灯，高血压、心脏病、糖尿病者比比皆是。

他说："林先生，到底有什么方法可以让有钱的人也得到快乐，拥有健康的身心呢？"

这倒使我困惑了，这世界上似乎有许多的药方，以及祖传的秘方，却没有一种是来治愈不快乐的，如果有人发明了这种秘方，他可能很快变成富有的人，连自己都会因财富而失去快乐的能力了。

我时常觉得，这世界在最究竟的根源一定是非常公平的，这不只是由于因果观点，而是一个人在一生中所能享有的福气有限，一旦在某方面有所得，在另一方面必然会有所失。虽然一个人也可能又有财富，又有权势，又有名声，又有健康，又有娇妻美眷，又能快乐无忧，但这种人千万不得一，大部分人都是站在跷跷板上，一边上来，另一边就下去了。

对于富人的问题，宋代思想家林逋在《省心录》中说："安乐有致死之道，忧患为养生之本。"又说："心可逸，形不可不劳；道可乐，身不可不忧。"意思是在生活上适度地欠缺，其实是好的，适度地劳动或忧患，不仅对人的身心有益，也才能体会到幸福的可贵。《左传》里说得更清楚："善人富谓之赏，淫人富谓之殃。"（和善清净的人富有了，是上天的奖赏；纵欲淫邪的人富有了，正是灾祸的开始。）

清朝的魏源在《默觚下》中说："不幸福，斯无祸；不患得，斯无失；不求荣，斯无辱；不干誉，斯无毁。"对得失与代价的关系说得真好。生活的喜乐也是如此，想想幼年时代物质缺乏严重，不管吃什么都好吃，穿什么新衣都开心，换了一床新棉被可以连续做一个月的好梦——事实上，在最欠缺的时候，一丝丝小小的得，也就有无限的幸福；什么都不缺的时候，却是幸福薄似纱翼的时候呀！

我很喜欢李商隐的两句诗："欲就麻姑买沧海，一杯春露冷如冰。"（我想从麻姑仙子那里把沧海买下来，没想到她的沧海只剩下一杯冰冷的春露。）我们在人生历程的追求不也如此吗？财富、名位都只是一杯冰冷的春露！

但富人不是不能快乐，只要回到平凡的生活，不被财富遮蔽眼睛，发掘出人的真价值，多劳作、多流汗；培养智慧的胸怀，不失去真爱与热情，则人生犹大有可为，因为比财富珍贵的事物多得是。

如果埋身于财富，不能解脱，那么"末大必折，尾大不掉"（树枝末梢太粗大，树干一定折断；动物的尾巴太大了，就不能自由地摇动了。语出《左传》）。如何能有快乐之日？心里不自由，身体自然难以健康了。

不过，我对富者的建议，可能是不切实际的，因为我不是富人，无从知悉他们的烦恼。

假如富人也还是人，我的意见就会有用了。站在人本的立场，这世间的快乐和痛苦还真平等呢！

# 一杯蜜是炼过几只蜂的

住处附近,有一家卖野蜂蜜的小店,夏日里我常到那里饮蜜茶,常觉在炎炎夏日喝一杯冰镇蜜茶,甘凉沁脾,是人生一乐。

今年我路过小店,冬蜜已经上市,喝了一杯蜜茶,付钱的时候才知道涨了一倍有余,我说:"怎么这样贵?比去年涨了一倍?"照顾店面眉目清秀的中学女生,讲得一口流利的好普通话,马上应答道:"不贵,不贵,一杯蜜是炼过几只蜂的。"

这句话令我大惑不解,惊问其故。小女生说:"蜜蜂酿一滴蜜,要飞很远的地方,要采过很多花,有时候摘蜜,要飞遍一整座山头哩!还有,飞得那么远,说不定会迷路,说不定给小孩子捉了,说不定飞得疲倦,累死了。"听了这一番话,我欣然付钱,离开小店。

走回家的路上,我一直想着那位可爱的小女孩说的话,一任想象力奔飞,也许真是这样的,一杯在我们手中看起来不怎么样的蜜茶,是许多蜜蜂历经千辛万苦才采集得来,我们一口饮尽一杯蜜茶,正如饮下了几只蜜蜂的精魂。蜜蜂是一种奇怪的动物,它飞来飞去,历遍整座山头、整个草原,搜集了花的精华,一丝一丝酝酿,很可能一只蜜蜂的一生只能酿成一杯我们喝一口的蜜茶吧!

几年前,我居住在高雄县大岗山的佛寺里读书,山下就有许多养蜂人家,经常的寻访,使我对蜜蜂这种微小精致的动物有一点认识。养蜂的人经常上山采集蜂巢,他们在蜂巢中找到体型较大的蜂王,把它装在竹筒中,一霎时,一巢嗡嗡嘤嘤的蜜蜂都变得温驯听话了,跟在手执蜂王的养蜂人后面飞,一直飞到蜂箱里安居。

蜜蜂的这种行为是让人吃惊的,对于蜂王,它们是如此专情,在一旁护卫,假若蜂王死了,它们就一哄而散,连养蜂人都不得不佩服,但是养蜂人却利用了蜜蜂专情的弱点,驱使它们一生奔走去采花蜜——专情的人恐怕也有这样的弱点,任人驱使而不自知。

但是蜜蜂也不是绝对温驯的,外敌来犯,它们会群起而攻,毫不留情,问题是,每一只蜜蜂的腹里只有一根螫针,那是它们生命的根本,一旦动用那根螫针攻击了敌人,它们的生命很快也就完结了。用不用螫针在蜜蜂是没有选择的,它明知会死,也要攻击。——有时,人也要面临这样的局面,选择生命而畏缩的人往往失败,宁螫而死的往往成功,因为人是有许多螫针的。

养蜂的人告诉我,蜜蜂有时也有侵略性的,当所有的花蜜都采光的时候,急需蜂蜜来哺育的蜜蜂就会倾巢而出,到别的蜂巢去抢蜜,这时就会发生一场激烈的战斗，直到尸横遍野才分出胜负——人何尝不是如此，仓廪实才知荣辱，衣食足才知礼仪。

为了应付无蜜的状况，养蜂人只好欺骗蜜蜂，用糖水来养蜜蜂，让它们吃了糖水来酿蜜，用来供应爱吃蜜的人们——再精明的蜜蜂都会上当，就像再聪明的人也会上当一样。蜜蜂是有社会性的群居动物，在某些德性上和人是很接近的，但是不管如何，蜜蜂是可爱的，它们为了找花中甘液，万苦不辞，里面确实有一些艺术的境界。在汲汲营营的世界里，究竟有多少人能为了追求甘美的人生理想而永不放弃呢？

旧时读过一则传说，其中有些精神与蜜蜂相似，那是记载在《辍耕录》里的传说："有年七八十老人，自愿舍身济众，绝不饮食，惟澡身啖蜜，经月，便溺皆蜜。既死，国人殓以石棺，仍满用蜜浸，镌志岁月于棺盖，瘗之；俟百年启封，则蜜剂也，凡人折伤肢体，服匕许，立愈，虽彼中亦不多得，俗曰蜜人，番言木乃伊。"这个蜜人的传说不一定可信，但是一个人的牺牲在百年之后还能济助众人，可贵的不在他的尸体化成一帖蜜剂，而是他的精神借着蜜流传了下来。

蜜蜂虽不澡身，但是它每天啖蜜，让人们在夏季还能享受甘凉香醇的蜜茶，在啖蜜的过程，有许多蜜蜂要死去，未死的蜜蜂也要经过许多生命的熬炼，熬呀熬的才炼出一杯蜜茶，光是这样想，就够浪漫，够令人心动了。

在实际人生中也是如此，生命的过程原是平淡无奇，情感的追寻则是波涛万险，如何在平淡无奇波涛万险中酿出一滴滴的花蜜，这花蜜还能让人分享，还能流传，才算不枉此生。虽然炼蜜的过程一定是痛苦的，一定要飞过高山平野，一定要在好大的花中采好少的蜜，或许会疲累，或许会死亡。

可是痛苦算什么呢？每一杯蜜都是炼过几只蜂的。

# 心田上的百合花

在一个偏僻遥远的山谷里，有一个高达数千尺的断崖。不知道什么时候，断崖边上长出了一株小小的百合。

百合刚刚诞生的时候，长得和杂草一模一样。但是，它心里知道自己并不是一株野草。

它的内心深处，有一个内在的纯洁的念头："我是一株百合，不是一株野草。唯一能证明我是百合的办法，就是开出美丽的花朵。"有了这个念头，百合努力地吸收水分和阳光，深深地扎根，直直地挺着胸膛。

终于，在一个春天的早晨，百合的顶部结出了第一个花苞。

百合的心里很高兴，附近的杂草却都不屑，它们在私底下嘲笑着百合："这家伙明明是一株草，偏偏说自己是一株花，还真以为自己是一株花，我看它顶上结的不是花苞，而是头上长瘤了。"

公开的场合，它们讥笑百合："你不要做梦了，即使你真的会开花，在这荒郊野外，你的价值还不是跟我们一样？"

偶尔也有飞过的蜂蝶鸟雀，它们也会劝百合不用那么努力开花："在这断崖边上，纵然开出世界上最美的花，也不会有人来欣赏呀！"

百合说："我要开花，是因为我知道自己有美丽的花；我要开花，是为了完成作为一株花的庄严生命；我要开花，是由于自己喜欢以花来证明自己的存在。不管有没有人欣赏，不管你们怎么看我，我都要开花！"

在野草和蜂蝶的鄙夷下，野百合努力地释放着内心的能量。有一天，它终于开花了，它那灵性的洁白和秀挺的风姿，成为断崖上最美丽的颜色。

这时候，野草与蜂蝶，再也不敢嘲笑它了。

百合花一朵朵地盛开着，它花上每天都有晶莹的水珠，野草们以为那是昨夜的露水，只有百合自己知道，那是极深沉的欢喜所结的泪滴。

年年春天，野百合努力地开花、结籽。它的种子随着风，落在山谷、草原和悬崖边上，到处都开满洁白的野百合。

几十年后，远在千百里外的人，从城市、从乡村，千里迢迢赶来欣赏百合花。许多孩童跪下来，闻嗅百合花的芬芳；许多情侣互相拥抱，许下了"百年好合"的誓言；无数的人看到这从未有过的美，感动得落泪，触动内心那纯洁温柔的一角。

那里,被人们称为"百合谷地"。

不管别人怎么欣赏,满山的百合都谨记着第一株百合的教导:"我们要全心全意默默地开花,以花来证明自己的存在。"

# 枯萎的桃花心木

乡下老家前面，有一块三千坪的空地，租给人家种桃花心木的树苗。

桃花心木是一种特别的树，树形优美，高大而笔直，从前老家林场种了许多，但打从我出生识物时，林场的桃花心木已是高达数丈的成林，所以当我看到桃花心木仅及膝盖的树苗，有点难以相信自己的眼睛。

种桃花心木苗的是一个高大的人，他弯腰种树的时候，感觉就像插秧一样，不同的是，这是旱地，不是水田。

树苗种下以后，他总是隔几天才来浇水，奇怪的是，他来的天数并没有规则，有时三天，有时五天，有时十几天来一次。浇水的量也不一定，有时浇得多，有时浇得少。

我住在乡下时，天天都会在桃花心木苗的小路散步，种苗木的人偶尔会来家里喝茶，他有时早上来，有时下午来，时间也不一定。

我感到越来越奇怪。

更奇怪的是,桃花心木有时就莫名地枯萎了,所以,他来的时候总会带几株树苗来补种。

我起先以为他太懒,隔那么久才为树浇水。

但是,懒的人怎么会知道有几棵树枯萎了呢?

后来我以为他太忙,才会做什么事都不按规律。

但是,忙的人怎么可能行事那么从容呢?

我忍不住问他:到底是什么时间来?多久浇一次水?桃花心木为什么无缘无故会枯萎?如果你每天来浇水,桃花心木苗应该不会这么容易就枯萎吧?

种树的人笑了,他说:"种树不是种菜或种稻子,种树是百年的基业,不像青菜几个星期就可以采收。所以,树木自己要学会在土地里找水源,我浇水只是模仿老天下雨,老天下雨是算不准的,它几天下一次?上午或下午?一次下多少?如果无法在这种不确定中汲水生长,树苗很自然就枯萎了。但是,只要在不确定中找到水源、拼命扎根的树,长成百年的大树就不成问题了。"

种树的人语重心长地说:"如果我每天都来浇水,每天都定时浇一定的量,树苗就会养成依赖的心,根就会浮生在地表上,无法探入地底,一旦我停止浇水,树苗会枯萎得更多。幸而可以存活的树苗,遇到狂风暴雨,也是一吹就倒了。"

种树者言,使我非常感动,想到不只是树,人也是一样,在不确定中生活的人,比较经得起生命的考验。因为在不确定中,我们会养成独立自主的心，不会依赖。在不确定中，我们深化了对环境的感受与情感的觉知。在不确定中，我们学会把很少的养分转化为巨大的能量，努力生长。

生命的法则不可能那么固定、那么完美，因为固定和完美的法则，就会养成机械式的状态，机械式的状态正是通向枯萎、通向死亡之路。

当我听过种树的人关于种树的哲学，每天走过桃花心木苗时，内心总会有某些东西被触动，这些树苗正努力面对不确定的风雨，努力学习如何才能找到充足的水源，如何在阳光中呼吸，一旦它学会这些本事，百年的基业也就奠定了。

现在，窗前的桃花心木苗已经长得与屋顶等高，是那么优雅而自在，宣告着自主的生命。

种树的人不再来了，桃花心木也不会枯萎了。

# 留一只眼睛看自己

日本历史上有两位伟大的剑手，一位是宫本武藏，一位是柳生又寿郎。柳生是宫本的徒弟，也是他教导过的最好的弟子。

柳生又寿郎的父亲也是一名剑手，由于柳生少年荒嬉，不肯受父教专心习剑，被父亲逐出了家门，柳生于是独自跑到一荒山去见当时最负盛名的剑手宫本武藏，发誓要成为一名伟大的剑手。

拜见了宫本武藏，柳生热切地问道："假如我努力学习，需要多少年才能成为一流的剑手？"

武藏说："你全部的余年！"

"我不能等那么久，"柳生更急切地说，"只要你肯教我，我愿意下任何苦功去达到目的，甚至当你的仆人跟随你，那需要多久的时间？"

"那，也许需要十年。"宫本武藏说。

柳生更急了："呀，家父年事已高，我要他生前就看见我成为一流的剑手，十年太久了，如果我加倍努力学习，需时多久？"

"嗯，那也许要三十年。"武藏缓缓地说。

柳生急得都要哭出来了，说："如果我不惜任何苦功，夜以继日地练剑，需要多久的时间？"

"嗯，那可能要七十年。"武藏说，"或者这辈子也没希望成为剑手了。"

柳生的心里纠结了一个大的疑团："这怎么说呀？为什么我愈努力，成为第一流剑手的时间就愈长呢？"

"你的两只眼睛都盯着第一流的剑手，哪里还有眼睛看你自己呢？"武藏平和地说，"第一流剑手的先决条件，就是永远保留一只眼睛看自己。"

柳生又寿郎满头大汗地爆破疑团了，于是拜在宫本武藏的门下，并做了师父的仆人。武藏给他的第一个教导是：不但不准谈论剑术，连剑也不准碰一下。只要努力地做饭、洗碗、铺床、打扫庭院就好了。

三年的时光就这样过去了，他仍然做这些粗贱的苦役，对自己发愿要学习的剑艺一点开始的迹象都没有，他不禁对前途感到烦恼，做事也不能专心了。

三年后有一天，宫本武藏悄悄蹑近他的背后，给他重重的一击。

第二天，正当柳生忙着煮饭，武藏又出其不意地给了他致命的扑击。

从此以后，无论白天晚上，他都随时地预防突如其来的袭击，二十四小时若有不慎，便会被打得昏倒在地。

过了几年，他终于深悟"留一只眼睛看自己"的真谛，可以一边生活一边预防突来的剑击，这时，宫本武藏开始教他剑术，不到十年，他成为全日本最精湛的剑手，也是历史上唯一与宫本武藏齐名的一流武士。

这个故事里隐含了很深刻的禅意，禅者不应把禅放在生活之外，犹如剑手不应把剑术当成特别的东西。剑手在行住坐卧都可能遇到敌人的扑击，禅者也是一样，要随时面对生活、烦恼、困顿的扑击，他们表面安住不动，心中却是活泼灵醒能有所对应，那是由于"永远保留一只眼睛看自己"呀！

武士为什么要保留一只眼睛看自己呢？

因为武士的敌手是不确定的，在不对战的时候，他面对的不是敌人，而是自己，剑术不是独自存在的，而是自己的延伸。

虽然大部分的武士都花了很多年时间练了几百种招式，但在决斗的时候是没有时间思考招式的，只能用心去对应，不能驾驭自己的心，只记得招式的武士，是不可能得胜的。

因此，武士的心要保持流动的状态，不可停滞在固定的招数，因为对手的出击是不可预测的，当一个武士的心停在固定的招式，接下来就是死！

对禅者也是如此，我们生命面对的苦恼不是我们的敌人，而是自己的延伸，应该透过烦恼来认识自我；我们可能遍学一切法门，但必须深入某些法门,来对应生命的决斗;我们应该"无所住而生其心",因为生活不能如预期,无常也不可预测,如果我们的心执着停滞了,那就是死路一条。

这些训练的开端就是"留一只眼睛看自己"!

# 河的感觉

## 一

秋天的河畔，菅芒花开始飞扬了，每当风来的时候，它们就唱一种洁白之歌，芒花的歌虽是静默的，在视觉里却非常喧闹，有时会见到一颗完全成熟的种子，突然爆起，向八方飞去，那时就好像听见一阵高音，哗然。

与白色的歌相应和的，还有牵牛花的紫色之歌，牵牛花瓣的感觉是那样柔软，似乎吹弹得破，但没有一朵牵牛花被秋风吹破。

这牵牛花整株都是柔软，与芒花的柔软互相配合，给我们的感觉是，虽然大地已经逐渐冷肃了，山河仍是如此清朗，特别是有阳光的秋天清晨，柔情而温暖。

在河的两岸，被刷洗得几乎仅剩砾石的河滩，虽然长有各种植物，却以芒花和牵牛花争吵得最厉害，它们都以无限的谦卑匍匐前进。偶尔会见到几株还开着绒黄色碎花的相思树，它们的根在沙石上暴露，有如强悍的爪子抓入土层的深处，比起牵牛花，相思树高大得像巨人一样，抗衡着沿河流下来的冷。

河，则十分沉静，秋日的河水浅浅地、清澈地在卵石中穿梭，有时流到较深的洞，仿佛平静如湖。

我喜欢秋天的时候到砾石堆中捡石头，因为夏日在河岸嬉游的人群已经完全隐去，河水的安静使四周的景物历历。

河岸的卵石，实在有一种难以言喻之美。它们长久在河里接受刷洗，比较软弱的石头已经化成泥水往下游流去，坚硬者则完全洗净外表的杂质，在河里的感觉就像宝石一样。被匠心磨去了棱角的卵石，在深层结构里的纹理，就会像珍珠一样显露出来。

我溯河而上，把捡到的卵石放在河边有如基座的巨石上接受秋日阳光的暴晒，准备回来的时候带回家。

连我自己都不能确知，为什么那样地爱捡石头，这里面一定有什么原因还没有被探触到。有时我在捡石头突然遇到陌生者，会令我觉得羞怯，他们总用质疑的眼光看着我这异于常人的举动。或者当我把石头拾回，在庭院前品察，并为之分类的时候，熟识的乡人也会以一种似笑非笑的眼光看我，一个人到了三十六岁还有点像孩子似的捡石头，连我自己也感到迷思。

那不纯粹是为了美感，因为有一些我喜爱的石头经不起任何美丽的分析，只是当我在河里看到它时，它好像漂浮在河面，与别的石头都不同。那感觉好像走在人群中突然看见一双仿佛熟识的眼睛，互相闪动了一下。

我不只捡乡间河畔的石头,在国外旅行时,如果遇到一条河,我总会捡几粒石头回来做纪念。例如有一年我在尼罗河捡了一袋石头回来摆在案前,有人问起,我总说:"这是尼罗河捡来的石头。"那人把石头来回搓揉,然后说:"尼罗河的石头也没有什么嘛!"

石头捡回来,我很少另做处理,只有一次是例外,我在垦丁海岸捡到几粒硕大的珊瑚礁石,看出它原是白色的,却蒙上灰色的风尘,我就用漂白水泡了三天三夜,使它洁白得像在海底看见的一样。

我还有一些是在沙仑淡水河口捡到的石头,是纯黑的,隐在长着虎苔的大石缝中,同样是这岛上的石头,有的纯白,有的玄黑,一想到,就觉得生命颇有迷离之感。

我并不像一般的捡石者,他们只对石头里浮出的影像有兴趣,例如石上正好有一朵菊花、一只老鼠,或一条蛇,我的石头是没有影像的,它们只是记载了一条河的某些感觉,以及我和那条河相会面的刹那。但偶尔我的石头会出现一些像云、像花、像水的纹理,那只是一种巧合,让我感觉到石头在某个层次上是很柔软的,这种坚强中的柔软之感,使我坚信,在最刚强的人心中,我们必然也可看见一些柔软的纹理,里面有着感性与想象,或者梦一样的东西。

在我的书桌上、架子上,甚至地板上到处都堆着石头,有时在黑夜开灯,觉得自己正在河的某一处激流里,接受着生命的冲刷。

那样的感觉好像走在人群中突然看见一双仿佛熟识的眼睛,互相闪动了一下。

## 二

走在人群中看见熟识的眼睛，互相地闪动，常常让我有河的感觉。

在最繁华的忠孝东路，如果我回来居住在台北的时候，我会沿着永吉路、基隆路，散步到忠孝东路去。我喜欢在人群里东张西望，或者坐在有玻璃大窗的咖啡店旁边，看着流动如河的人群。虽然人是那样拥挤，却反而给我一种特别的宁静之感，好像秋日的河岸。

对人群的静观，使我不至于在枯木寒灰的隐居生活中沦入空茫的状态。我知道了人心的喧闹，人间的匆忙，以及人是多么渺小有如河里的一粒卵石。

我是多么喜欢观察人间的活动，并且在波动的混乱中找寻一些美好的事物，或者说找寻一些动人的眼睛。人的眼睛是五官中最会说话的，它无时无刻不表达着比嘴巴还要丰富的语言，婴儿的眼睛纯净，儿童的眼睛好奇，青年的眼睛有叛逆之色，情侣的眼睛充满了柔情，主妇的眼睛充满了分析与评判，中年人的眼睛沉稳浓重，老年人的眼睛，则有历经沧桑后的一种苍茫。

与其说我是在杂沓的城市中看人，还不如说我在寻找着人的眼睛，这也是超越了美感的赏析的态度，我不太会在意人们穿什么衣裳，或者在意现在流行什么，或者什么人是美的或丑的，回到家里，浮现在我眼前的，总是人间的许许多多眼神，这些眼神，记载了一条人的河流的某些感觉，以及我和他们相会的刹那。

有时，见到两个人在街头偶然相遇，在还没有开口说话之前，他们的眼神就已经先惊呼出声，而在打完招呼错身而过时，我看见了眼里的轻微的叹息。

我们要了解人间，应该先看清众生的眼睛。

有一次，在统领百货公司的门口，我看到一位年老的婆婆带着一位稚嫩的孩子，坐在冰凉的磨石地板上乞讨，老婆婆俯低着头，看着眼前的一个装满零钱的脸盆，小孩则仰起头来，有一对黑白分明的眼睛，滴溜溜转着，看着从面前川流而过的人群。那脸盆前有一张纸板，写着双目失明的老婆婆家里沉痛的灾变，她是如何悲苦地抚育着唯一的孙子。

我坐在咖啡厅临窗的位置，却看到好几次，每当有人丢下整张的钞票，老婆婆会不期然地伸出手把钞票抓起，匆忙地塞进黑色的袍子里。

乞讨的行为并不令我心碎，只是让我悲悯，当她把钞票抓起来的那一刹那，才令我真正心碎了。好眼睛的人不能抬眼看世界，却要装成失明者来谋取生存，更让人觉得眼睛是多么重要。

这世界有许多好眼睛的人，却用心把自己的眼睛蒙蔽起来，周围的广告牌上写着"深情推荐""折扣热卖""跳楼价""最心动的三折"等等，无不是在蒙蔽我们的眼睛，让我们心的贪婪伸出手来，想要占取这个世界的便宜，就好像卵石相碰的水花，这世界的便宜岂是如此容易就被我们侵占？

人的河流里有很多让人无奈的世相，这些世相益发令人感到生命之悲苦。

有一个问卷调查报告，青少年十大喜爱的活动，排在第一位的竟是"逛街"，接下来是"看电影""游泳"。其实，这都是河流的事，让我看见了，整个城市这样流过来又流过去，每个人在这条河流里游泳，每个人扮演自己的电影，在过程中茫然地活动，并且等待结局。

最好看的电影，结局总是悲哀的，但那悲哀不是流泪或者号啕，只是无奈，加上一些些茫然。

有一个人说，城市人擦破手，感觉上比乡下人擦破手还要痛得多。那是因为，城市里难得有破皮流血的机会，为什么呢？因为人人都已是一粒粒的卵石，足够的圆滑，并且知道如何来避免伤害。

可叹息的是，如果伤害是来自别人、来自世界，总可以找到解决的方法，但城市人的伤害往往来自无法给自己定位，伤害到后来就成为人情的无感，所以，有人在街边乞讨，甚至要伪装盲者才能唤起一丁点的同情，带给人的心动，还不如"心动的三折"。

这往往让人想到溪河的卵石，卵石由于长久地推挤，它只能互相地碰撞，但河岸的风景、水的流速、季节的变化，永远不是卵石关心的主题。

因此，城市里永远没有阴晴与春秋，冬日的雨季，人还是一样渴切地在街头流动。

你流过来，我流过去，我们在红灯的地方稍作停留，步过人行道，在下一个绿灯分手。

"你是哪里来的？"

"你将要往哪里去？"

没有人问你，你也不必回答。

你只要流着就是了，总有一天，会在某个河岸搁浅。

没有人关心你的心事，因为河水是如此湍急，这是人生最大的悲情。

## 三

河水是如此湍急，这是人生最大的悲情。

我很喜欢坐船。如果有火车可达的地方，我就不坐飞机，如果有船可坐，我就不搭火车。那是由于船行的速度，慢一些，让我的心可以沉潜；如果是在海上，船的视界好一些，使我感到辽阔；最要紧的是，船的噗噗的马达声与我的心脏和鸣，让我觉得那船是由于我心脏的跳动才开航的。

所以在一开航的刹那，就自己叹息：

呀！还能活着，真好！

通常我喜欢选择站在船尾的地方，在船行过处，它掀起的波浪往往形成一条白线，鱼会往波浪翻涌的地方游来，而海鸥总是逐波飞翔。

船后的波浪不会停留太久，很快就会平复了，这就是"船过水无痕"，可是在波浪平复的当时，在我们的视觉里它好像并未立刻消失，总还会盘旋一阵，有如苍鹰盘飞的轨迹，如果看一只鹰飞翔久了，等它遁去的时刻，感觉它还在那里绕个不停，其实，空中什么也不见了，水面上什么也不见了。

我的沉思总会在波浪彻底消失时沦陷，这使我感到一种悲怀，人生的际遇事实上与船过的波浪一样，它必然是会消失的，可是它并不是没有，而是时空轮替自然的悲哀，如果老是看着船尾，生命的悲怀是不可免的。

那么让我们到船头去吧！看船如何把海水分割为二，如何以勇猛的香象截河之势，载我们通往人生的彼岸。一艘坚固的船是由很多的钢板千锤百炼铸成，由许多深通水性的人驾驶，这里面就充满了承担之美。

让我也能那样勇敢地破浪、承担，向某一个未知的彼岸航去。

这样想时，就好像见到一株完全成熟的芒花，突然爆起，向八方飞去，使我听见一阵洁白的高音，唱哗然的歌。

/林清玄散文精选/

# 清欢

当一个人可以品味出野菜的清香胜过了山珍海味,
或者一个人在路边的石头里看出了比钻石更引人的滋味,
或者一个人听林间鸟鸣的声音感受到比提笼遛鸟更感动,
或者体会了静静品一壶乌龙茶比起在喧闹的晚宴中更能清洗心灵……

这些就是清欢。

# 买一瓣心香

在和平西路与重庆南路交口的地方，每天都有卖玉兰花的人，不只在天气晴和的日子，他们出来卖玉兰花，大风雨的日子，他们也出来卖玉兰花。

卖玉兰花的人里，有两位中年妇女，一胖一瘦；有一位消瘦肤黑的男子，怀中抱着幼儿；有两个小小的女孩，一个十岁，一个八岁；偶尔，会有一位背有点弯的老先生，和一位白发苍苍的老妇，也加入贩卖的阵容。

如果在一起卖的人多，他们就和谐地沿着罗斯福路、新生南路步行扩散，所以有时候沿着和平东西路走，会发现在复兴南路口、建国南路口、新生南路口、罗斯福路口、重庆南路口都是几张熟悉的脸孔。

卖花的不管是老人还是孩子，他们都非常和气，端着用湿布盖好以免玉兰枯萎的木盘子从面前走过，开车的人一摇手，他们绝不会有任何嗔怒之意。如果把车窗摇下，他们会赶忙站到窗口，送进一缕香气来。在绿灯亮起的时候，他们就站在分界的安全岛上，耐心等候下一个红灯。

我自己就是大学教授和交通专家所诅咒的那些姑息着卖玉兰花的人，不管是在什么样的路口，遇到任何卖玉兰花的人，我总是忘了交通安全的教训，买几串玉兰花。买到后来，竟认识了罗斯福路、重庆南路口几位卖玉兰花的人。

买玉兰花时，我不是在买那些清新怡人的花香，而是买那生活里辛酸苦痛的气息。

每回看到卖花的人，站在烈日下默默拭汗，我就忆起我的童年时代为了几毛钱在烈日下卖支仔冰、在冷风里卖枣子糖的过去。在心里，我可以贴近他们心中的渴盼，虽然他们只是微笑着挨近车窗，但在心底，是多么希望有人摇下车窗，买一串花。这关系着人间温情的一串花才卖十元，是多么便宜，但便宜的东西并不一定廉价，在冷气车里坐着的人，能不能理解呢？

几个卖花的人告诉我，最常向他们买花的是计程车司机，大概是计程车司机最能理解辛劳奔波的生活是什么滋味，他们对街中卖花者遂有了最深刻的同情。其次是开小车子的人。最难卖的对象是开着豪华进口车、车窗是黑色的人，他们高贵的脸一看到玉兰花贩走近，就冷漠地别过头去。

有时候，人间的温暖和钱是没有关系的，我们在烈日焚烧的街头动了不忍之念，多花十元买一串花，有时在意义上胜过富者为了表演慈悲、微笑照相登上报纸的百万捐输。

不忍？

是的，我买玉兰花时就是不忍看人站在大太阳下讨生活，他们为了激起人的不忍，有时把婴儿也背了出来，有人批评他们把孩子背到街上讨取人的同情是不对的。可是我这样想：当妈妈出来卖玉兰花时，孩子要交给保姆或佣人吗？当我们为烈日暴晒而心疼那个孩子，难道他的母亲不痛心吗？

遇到有孩子的，我们多买一串玉兰花吧！不要问什么理由。

我是这样深信：站在街头的这一群沉默卖花的人，他们如果有更好的事做，是绝对不会到街上来卖花的。

设身处地地为苦恼的人着想，平等地对待他们，这就是"随顺"。我们顺着人的苦难来满他们的愿，用更大的慈和的心情让他们不要在窗口空手离去，那并不是说我们微薄的钱真能带给卖花的人什么利益，而是说我们因有这慈爱的随顺，使我们的心更澄澈、更柔软，洗涤了我们的污秽。

"一切众生而为树根，诸佛菩萨而为华果，以大悲水饶益众生，则能成就诸佛菩萨智慧华果。"

我买玉兰花的时候，感觉上，是买一瓣心香。

# 家家有明月清风

到台北近郊登山，在陡峭的石阶中途，看见一个不锈钢桶放在石头上，外面用红漆写了两字"奉水"，桶耳上挂了两个塑胶茶杯，一红一绿。在炎热的天气里喝了清凉的水，让人在清凉里感觉到人的温情，这桶水是由某一个居住在这城市里陌生的人所提供的，他是每天清晨太阳未升起时就抬这么重的一桶水来，那细致的用心是颇能体会到的。

在烟尘滚滚的尘世，人人把时间看得非常重要，因为时间就是金钱，几乎到了没有人愿意为别人牺牲一点点时间的地步，即使是要好的朋友，如果没有重要的事情，也很难约集。但是当我在喝"奉水"的时候，想到有人在这上面花了时间与心思，牺牲自己的力气，就觉得在忙碌转动的世界，仍然有从容活着的人，他为自己的想法去实践某些奉献的真理，这就是"滔滔人世里，不受人惑的人"。

这使我想起童年住在乡村，在行人路过的路口，或者偏僻的荒村，都时常看到一只大茶壶，上面写着"奉茶"，有时还特别钉一个木架子把茶壶供奉起来。我每次路过"奉茶",不管是不是口渴,总会灌一大杯凉茶,再继续前行,到现在我都记得喝茶的竹筒子,里面似乎还有竹林的清香。我想,有时候人活在这个人世,没有留下任何名姓也不是什么要紧的事,只要对生命与土地有过真正的关怀与付出,就算尽了人的责任。

很久没有看见"奉茶"了,因此在台北郊区看到"奉水"时竟低徊良久,到底,不管是茶是水,在乡在城,其中都有人情的温热。山道边一杯微不足道的凉水,使我在爬山的道途中有了很好的心情,并且感觉到不是那么寂寞了。

到了山顶,没想到平台上也有一个完全相同的钢桶,这时写的不是"奉水",而是"奉茶",两个塑胶茶杯,一黄一蓝,我倒了一杯来喝,发现茶是滚热的。于是我站在山顶俯视烟尘飞扬的大地,感觉那准备这两桶茶水的人简直是一位禅师了。在完全相同的桶里,一冷一热,一茶一水,连杯子都配得恰恰刚好,这里面到底是隐藏着怎么样的一颗心呢?

我一直认为不管时代如何改变,在时代里总会有一些卓然的人,就好像山林无论如何变化,在山林中总会有一些清越的鸟声一样。同样的,人人都会在时间里变化,最常见的变化是从充满诗情画意逍遥的心灵,变成平凡庸俗而无可奈何,从对人情时序的敏感,变为对一切事物无感。我们在股票号子里看见许多瞪着看板的眼睛,那曾经是看云、看山、看水的眼睛;我们看签六合彩的双手,那曾经是写过情书与诗歌的手；我们看为钱财烦恼奔波的那双脚，那曾经是在海边与原野散过步的脚。我们的眼耳鼻舌身意看起来仍然是与二十年前无异，可是在本质上，有时中夜照镜，已经完全看不出它们的连结，那理想主义的、追求完美的、每一个毛孔都充满光彩的我，究竟何在呢？

清朝诗人张灿有一首短诗："书画琴棋诗酒花，当年件件不离他；而今七事都更变，柴米油盐酱醋茶。"很能表达一般人在时空中流转的变化，从"书画琴棋诗酒花"到"柴米油盐酱醋茶"，人的心灵必然是经过了一番极大的动荡与革命，只是凡人常不自觉自省，任庸俗转动罢了。其实，有伟大怀抱的人物也不能免俗，梁启超有一首"水调歌头"我特别喜欢，其后半阕是："千金剑，万言策，两蹉跎。醉中呵壁自语，醒后一滂沱。不恨年华去也，只恐少年心事，强半为销磨。愿替众生病，稽首礼维摩。"我自己的心境很接近梁任公的这首词，人生的际遇不怕年华老去，怕的是少年心事的"销磨"，到最后只有"醒后一滂沱"了。

在人生道上，大部分有为的青年，都想为社会、为世界、为人类"奉茶"，只可惜到后来大半的人都回到自己家里喝老人茶了。还有一些人，连喝老人茶自遣都没有兴致了，到中年还能有奉茶的心，是非常难得的。

有人问我，这个社会最缺的是什么东西？

我认为最缺的是两种，一是"从容"，一是"有情"。这两种品质是大国民的品质，但由于我们缺少"从容"，因此很难见到步履雍容、识见高远的人；因为缺少"有情"，则很难看见乾坤朗朗、情趣盎然的人。

社会学家把社会分为青年社会、中年社会、老年社会，青年社会有的是"热情"，老年社会有的是"从容"。我们正好是中年社会，有的是"务实"，务实不是不好，但若没有从容的生活态度与有情的怀抱，务实到最后正好是柴米油盐酱醋茶，牺牲了书画琴棋诗酒花。一个彻底务实的人正是死了一半的俗人，一个只知道名利实务的社会，则是僵化的庸俗社会。

人生的幸福在很多时候是得自于看起来无甚意义的事，例如某些对情爱与知友的缅怀，例如有人突然给了我们一杯清茶，例如在小路上突然听见冰果店里传来一段喜欢的乐曲，例如在书上读到了一首动人的诗歌，例如听见桑间濮上的老妇说了一段充满启示的话语，例如偶然看见一朵酢浆花的开放……总的说来，人生的幸福来自于自我心扉的突然洞开，有如在阴云中突然阳光显露、彩虹当空，这些看来平淡无奇的东西，是在一株草中看见了琼楼玉宇，是由于心中有一座有情的宝殿。

"心扉的突然洞开"，是来自于从容，来自于有情。

我时常想起童年时代，那时社会普遍贫穷，可是大部分人都有丰富的人情，人与人之间充满了关怀，人情义理也不曾被贫苦生活昧却，乡间小路的"奉茶"正是人情义理最好的象征。记得我的父亲常挂在嘴上的一句话是："人活着，要像个人。"当时我不懂这句话的含义，现在才算比较了解其中的玄机。人即使生活条件只能像动物那样，人也不应该活得如动物失去人的有情、从容、温柔与尊严，在中国历代的忧患悲苦之中，中国人之所以没有失去本质，实在是来自这个简单的意念："人活着，要像个人！"

人的贫穷不是来自生活的困顿，而是来自在贫穷生活中失去人的尊严；人的富有也不是来自财富的累积，而是来自在富裕生活里不失去人的有情。人的富有实则是人心灵中某些高贵特质的展现。

家家都有清风明月，失去了清风明月才是最可悲的！

喝过了热乎乎的"奉茶"，我信步走入林间，看到在落叶层缝中有许多美丽的褐色叶片，拾起来一看，原来是褐蝶的双翼因死亡而落失在叶中，看到蝴蝶的翼片与落叶交杂，感觉到蝴蝶结束了一季的生命其实与树叶无异，尘归尘，土归土，有一天都要在世界里随风逝去。

人的身体与蝴蝶的双翼又有什么两样呢？如果在活着的时候不能自由飞翔，展现这片赤诚的身心，让我们成为宇宙众生迈向幸福的阶梯，反而成为庸俗人类物质化的踏板，则人生就失去其意义，空到人间一回了！

下山的时候，我想，让我恒久保有对人间有情的胸怀，以及一直保持对生活从容的步履；让我永远做一个为众生奉茶供水，在热闹中得到清凉的人。

# 清欢

这种清淡的欢愉不是来自别处，正是来自对平静疏淡简朴生活的一种热爱。

少年时代读到苏轼的一阕词，非常喜欢，到现在还能背诵：

细雨斜风作晓寒，淡烟疏柳媚晴滩，入淮清洛渐漫漫。

雪沫乳花浮午盏，蓼茸蒿笋试春盘，人间有味是清欢。

这阕词，苏轼在旁写着"元丰七年十一月二十四日，从泗州刘倩叔游南山"，原来是苏轼和朋友到郊外去玩，在南山里喝了浮着雪沫乳花的小酒，配着春日山野里的蓼菜、茼蒿、新笋，以及野草的嫩芽等等，然后自己赞叹着："人间有味是清欢！"

当时所以能深记这阕词，最主要的是爱极了后面这一句，因为试吃野菜的这种平凡的清欢，才使人间更有滋味。"清欢"是什么呢？"清欢"几乎是难以翻译的，可以说是"清淡的欢愉"，这种清淡的欢愉不是来自别处，正是来自对平静疏淡简朴生活的一种热爱。当一个人可以品味出野菜的清香胜过了山珍海味，或者一个人在路边的石头里看出了比钻石更引人的滋味，或者一个人听林间鸟鸣的声音感受到比提笼遛鸟更感动，或者体会了静静品一壶乌龙茶比起在喧闹的晚宴中更能清洗心灵……这些就是清欢。

清欢之所以好，是因为它对生活的无求，是它不讲求物质的条件，只讲究心灵的品味。"清欢"的境界很高，它不同于李白的"人生在世不称意，明朝散发弄扁舟"那样的自我放逐；或者"人生得意须尽欢，莫使金樽空对月"那种尽情的欢乐。它也不同于杜甫的"人生有情泪沾臆，江水江花岂终极"这样悲痛的心事，或者"人生不相见，动如参与商。今夕复何夕，共此灯烛光"那种无奈的感叹。

活在这个世界上，有千百种人生。文天祥是"人生自古谁无死，留取丹心照汗青"，我们很容易体会到他的壮怀激烈。欧阳修是"人生自是有情痴，此恨不关风与月"，我们很能体会到他的绵绵情恨。纳兰性德是"人到情多情转薄，而今真个不多情"，我们也不难会意到他无奈的哀伤。甚至于像王国维的"人生只似风前絮，欢也零星，悲也零星，都作连江点点萍！"那种对人生无常所发出的刻骨的感触，也依然能够知悉。

可是"清欢"就难了！

尤其是生活在现代的人，差不多是没有清欢的。

什么样是清欢呢？我们想在路边好好地散个步，可是人声车声不断地呼吼而过，一天里，几乎没有纯然安静的一刻。

我们到馆子里，想要吃一些清淡的小菜，几乎是杳不可得，过多的油、过多的酱、过多的盐和味精已经成为中国菜最大的特色，有时害怕了那样的油腻，特别嘱咐厨子白煮一个菜，菜端出来时让人吓一跳，因为菜上挤的色拉酱比菜还多。

有时没有什么事，心情上只适合和朋友去啜一盅茶、饮一杯咖啡，可惜的是，心情也有了，朋友也有了，就是找不到地方，有茶有咖啡的地方总是嘈杂的。

俗世里没有清欢了，那么到山里去吧！到海边去吧！但是，山边和海湄也不纯净了，凡是人的足迹可以到的地方，就有了垃圾，就有了臭秽，就有了吵闹！

有几个地方我以前常去的，像阳明山的白云山庄，叫一壶兰花茶，俯望着台北盆地里堆叠着的高楼与人欲，自己饮着茶，可以品到茶中有清欢。像在北投和阳明山间的山路边有一个小湖，湖畔有小贩卖功夫茶，小小的茶几、藤制的躺椅，独自开车去，走过石板的小路，叫一壶茶，在躺椅上静静地靠着，有时湖中的荷花开了，真是惊艳一山的沉默。有一次和朋友去，在躺椅上静静喝茶，一下午竟说不到几句话，那时我想，这大概是"人间有味是清欢"了。

现在这两个地方也不能去了，去了只有伤心。湖里的不是荷花了，是漂荡着的汽水罐子，池畔也无法静静躺着，因为人比草多，石板也被踏损了。到假日的时候，走路都很难不和别人推挤，更别说坐下来喝口茶,如果运气更坏,会遇到呼啸而过的飞车党,还有带伴唱机来跳舞的青年,那时所有的感官全部电路走火,不要说清欢,连浊欢也不剩了。

要找清欢一日比一日更困难了。

当学生的时候,有一位朋友住在中和圆通寺的山下,我常常坐着颠踬的公车去找她,两个人沿着上山的石阶,漫无速度地,走走、坐坐、停停、看看,那时圆通寺山道石阶的两旁,杂乱地长着朱槿花,我们一路走,顺手拈下一朵熟透的朱槿花,吸着花朵底部的花露,其甜如蜜,而清香胜蜜,轻轻地含着一朵花的滋味,心里遂有一种只有春天才会有的欢愉。

圆通寺是一座全由坚固的石头砌成的寺院,那些黑而坚强的石头坐在山里仿佛一座不朽的城堡,绿树掩映,清风徐徐,站在用石板铺成的前院里,看着正在生长的小市镇,那时的寺院是澄明而安静的,让人感觉走了那样高的山路,能在那平台上看着远方,就是人生里的清欢了。

后来,朋友嫁人,到海外去了。我去过一趟圆通寺,山道已经开辟出来,车子可以环山而上,小山路已经很少人走,寺院的门口摆着满满的摊贩,有一摊是儿童乘坐的机器马,叽里咕噜的童歌震撼半山;有两摊是打香肠的摊子,烤烘香肠的白烟正往那古寺的大佛飘去,有一位母亲因为不准孩子吃香肠而揍打着两个孩子,激烈的哭声尖亢而急促……我连圆通寺的寺门都没有进去,就沉默地转身离开,山还是原来的山，寺还是原来的寺，为什么感觉完全不同了，失去了什么吗？失去的正是清欢。

下山时的心情是不堪的，想到星散的朋友，心情也不是悲伤，只是惆怅，浮起的是一阕词和一首诗，词是李煜的："高楼谁与上？长记秋晴望。往事已成空，还如一梦中！"诗是李觏的："人言落日是天涯，望极天涯不见家。已恨碧山相阻隔，碧山还被暮云遮！"那时正是黄昏，在都市烟尘蒙蔽了的落日中，真的看到了一种悲剧似的橙色。

我二十岁时心情沮丧的时候，跑到青年公园对面的骑马场去骑马，那些马虽然因驯服而动作缓慢，却都年轻高大，有着光滑的毛色。双腿用力一夹，它也会如箭一般呼噜向前窜去，急忙的风声就从两耳掠过。我最记得的是马跑的时候迅速移动着的草的青色，青茸茸的，仿佛饱含生命的汁液，跑了几圈下来，一切恶的心情也就在风中、在绿草里、在马的呼啸中消散了。

尤其是冬日的早晨，勒着缰绳，马就立在当地，踢踏着长腿，鼻孔中冒着一缕缕的白气，那些气可以久久不散，当马的气息在空气中消弭的时候，人也好像得到某些舒放了。

骑完马，到青年公园去散步，走到成行的树荫下，冷而强悍的空气在林间流荡着，可以放纵地、深深地呼吸，品味着空气里所含的元素，那元素不是别的，正是清欢。

最近有一天，突然想到骑马，已经有十几年没骑了。到青年公园的骑马场时差一点吓昏，原来偌大的马场里已经没有一根草了，一根草也没有的马场大概只有台湾才有,马跑起来的时候,灰尘滚滚,弥漫在空气里的尽是令人窒息的黄土,蒙蔽了人的眼睛,马也老了,毛色斑驳而失去光泽。

最可怕的是,不知道什么时候在马场搭了一个塑料棚子,铺了水泥地,奇丑无比,里面则摆满了机器的小马,让人骑用,其吵无比。为什么为了些微的小利,而牺牲了这个马场呢?

马会老,是我知道的事;人会转变,是我知道的事;而在有真马的地方放机器马,在马跑的地方没有一株草,则是我不能理解的事。

就在马场对面的青年公园,已经不能说是公园了,人比西门町还拥挤吵闹,空气比咖啡馆还坏,树也萎了,草也黄了,阳光也不灿烂了。我从公园穿越过去,想到少年时代的这个公园,心痛如绞,别说清欢了,简直像极了佛经所说的"五浊恶世"!

生在这个时代,为何"清欢"如此难觅?眼要清欢,找不到青山绿水;耳要清欢,找不到宁静和谐;鼻要清欢,找不到干净空气;舌要清欢,找不到蓼茸蒿笋;身要清欢,找不到清凉净土;意要清欢,找不到智慧明心。如果要享受清欢,唯一的方法是守在自己小小的天地,洗涤自己的心灵,因为在我们拥有得愈多的物质世界,我们的清淡的欢愉就日渐失去了。

现代人的欢乐,是到油烟爆起、卫生堪虑的啤酒屋去吃炒蟋蟀;是到黑天暗地、不见天日的卡拉OK去乱唱一气;是到乡村野店、胡乱搭成的土鸡山庄去豪饮一番;以及到狭小的房间里做方城之戏,永远重复着摸牌的一个动作……这些污浊的放逸的生活以为是欢乐，想起来毋宁是可悲的。为什么现代人不能过清欢的生活，反而以浊为欢、以清为苦呢？

一个人以浊为欢的时候，就很难体会到生命清明的滋味，而在欢乐已尽、浊心再起的时候，人间就愈来愈无味了。

这使我想起东坡的另一首诗来：

> 梨花淡白柳深青，柳絮飞时花满城。
> 惆怅东栏一株雪，人生看得几清明？

苏轼凭着东栏看着栏杆外的梨花，满城都飞着柳絮时，梨花也开了遍地，东栏的那株梨花却从深青的柳树间伸了出来，仿佛雪一样的清丽，有一种惆怅之美，但是，人生看这么清明可喜的梨花能有几回呢？这正是千古风流人物的性情，这正是清朝大画家盛大士在《溪山卧游录》中说的："凡人多熟一分世故，即多一分机智。多一分机智，即少却一分高雅。""山中何所有？岭上多白云，只可自怡悦，不堪持赠君，自是第一流人物。"

第一流人物是什么人物？

第一流人物是在清欢里也能体会人间有味的人物！

第一流人物是在污浊滔滔的人间也能找到清欢的滋味的人物！

# 秋天的心

我喜欢《唐子西语录》中的两句诗：

山僧不解数甲子，一叶落知天下秋。

是说山上的和尚不知道如何计算甲子日历，只知道观察自然，看到一片树叶落下就知道天下都已经秋天了。从前读贾岛的诗，有"秋风吹渭水，落叶满长安"之句，对秋天萧瑟的景象颇有感触，但说到气派悠闲，就不如"一叶落知天下秋"了。

现代都市人正好相反，可以说是"落叶满天不知秋，世人只会数甲子"，对现代人而言，时间观念只剩下日历，有时日历犹不足以形容，而是只剩下钟表了，谁会去管是什么日子呢？

三百多年前，当汉人到台湾来垦殖移民的时候，发现台湾的平埔族山胞非但没有日历，甚至没有年岁，不能分辨四时，而是以山上的刺桐花开为一度过着逍遥自在的生活。初到的汉人想当然地感慨其

"文化"落后,逐渐同化了平埔族。到今天,平埔族快要成为历史名词,他们有了年岁、知道四时,可是平埔族后裔,有很多已经不知道什么是刺桐花了。

对岁月的感知变化由立体到平面可以如此迅速,宁不令人兴叹?以现代人为例,在农业社会还深刻知道天气、岁时、植物、种作等等变化是和人密切结合的,但是,商业形态改变了我们,春天是朝九晚五,冬天也是朝九晚五;晴天和雨天已经没有任何差别了。这虽使人离开了"看天吃饭"的阴影,却也多少让人失去了感时忧国的情怀,和胸怀天下的襟抱了。

记得住在乡下的时候,大厅墙壁上总挂着一册农民历,大人要办事,大至播种耕耘、搬家嫁娶,小至安床沐浴、立券交易都会去看农民历。因此到了年尾,一本农民历差不多翻烂了,使我从小对农民历书就有一种特别亲切的感情。

一直到现在,我还保持着看农民历的习惯,觉得读农民历是快乐的事。就看秋天吧,从立秋、处暑、白露,到秋分、寒露、霜降,都是美极了,那清晨田野中白色的露珠,黄昏林园里清黄的落叶,不都是在说秋天吗?所以,虽然时光不再,我们都不应该失去农民那种在自然中安身立命的心情。

城市不是没有秋天,如果我们静下心来就会知道,本来从东南方吹来的风,现在转到北方了;早晚气候的寒凉,就如同北地里的霜降;早晨的旭日与黄昏的彩霞,都与春天时大有不同了。变化最大的是天空和云彩，在夏日炎亮的天空，逐渐地加深蓝色的调子，云更高、更白，飘动的时候仿佛带着轻微的风。每天我走到阳台，抬头看天空，知道这是真正的秋天，是童年田园记忆中的那个秋天，是平埔族刺桐花开的那个秋天，也是唐朝山僧在山上见到落叶的同一个秋天。

如若能感知天下，能与落叶飞花同呼吸，能保有在自然中谦卑的心情，就是住在最热闹的城市，秋天也永远不会远去。如果眼里只有手表、金钱、工作，即使在路上被落叶击中，也见不到秋天的美。

秋天的美多少带点潇湘之意，就像宋人吴文英写的词"何处合成愁，离人心上秋"，一般人认为秋天的心情，就会有些愁恼肃杀，其实，秋天是禾熟的季节，何尝没有清朗圆满的启示呢？

我也喜欢韦应物一首秋天的诗：

今朝郡斋冷，忽念山中客。涧底束荆薪，归来煮白石。欲持一瓢酒，远慰风雨夕。落叶满空山，何处寻行迹？

在这风云滔滔的人世，就是秋天如此美丽清明的季节，要在空山的落叶中寻找朋友的足迹是多么困难！但是，即使在红砖道上，淹没在人潮车流之中，要找自己的足迹，更是艰辛呀！

# 肉骨茶

久闻新加坡的"肉骨茶"之名,一直感到疑惑,"肉骨"如何与"茶"同煮呢?或者有一种茶的名字和"乌龙""普洱""铁观音"一样,就叫作"肉骨"?

台北也有卖"肉骨茶"的,闻名前往,发现也不过是酱油炖排骨,心中大为失望,总是以为新加坡的肉骨茶到台北就变质了。因此到新加坡旅行的时候,当晚即请朋友带我到处处林立的"食街"去,目的是吃肉骨茶。

原来,所谓肉骨茶,肉骨和茶根本是分开的,一点也沾不上边。肉骨茶的肉骨是选用上好的排骨,煮的时候和甘蔗同煮,一直熬到肉骨与甘蔗的味道混成一气,风味特殊,里面还加了闽南人喜欢使用的材料——爆葱头。

吃完一大碗肉骨,接着是一小盅潮州的功夫茶,茶杯极小,泡的是很浓微带苦味的普洱;原因是肉骨非常油腻,汤上冒着厚厚的油花,据说普洱有清油开胃之效,吃完后颇能油尽回甘。

肉骨茶也不是新加坡的特产，它是传自中国潮州，在新加坡经营肉骨茶食摊的大部分是潮州人。但肉骨茶在该地有很大的影响，不但是一般小市民的早餐，也间接影响到其他食物的烹调，像有名的"海南鸡饭""潮州粥""咖喱鱼头"，吃完后总有一盅热乎乎的潮州茶。甚至连马来人、印尼人的沙嗲，在上菜之前，也有送茶的。究其原因，乃是这些油腻食物，在热带吃了会让人口干舌燥，来一壶茶马上使人觉得爽利无比。

我并不是说肉骨茶是一种多么了不得的美味，它甚至是闽南地区、南洋地区很普通的食物。但是我觉得能想到把肉骨和茶当作一体的食物，简直是一种艺术的创造。

吃肉骨茶时，我想起很早以前读钱钟书的《写在人生边上》，里面有这样一段："好吃可口的菜，还是值得赞美的。这个世界，给人弄得混乱颠倒，到处是摩擦冲突；只有两件最和谐的事物，总算是人造的：音乐和烹调。一碗好菜仿佛一支乐曲，也是一种一贯的多元，调合滋味，使相反的分子相成相济，变作可分而不可离的综合。最粗浅的例子像白煮蟹跟醋，烤鸭跟甜酱，或如西菜里烤猪肉跟苹果泥，渗鳖鱼跟柠檬片，原来是天涯地角，全不相干的东西，而偏有注定的缘分，像佳人和才子，母猪和癞象，结成了天造地设的配偶，相得益彰的眷属。"

说到烹调，原与艺术相通，调味的讲究固如同"一支乐曲"，中国厨子一向标榜的色香味俱全也兼备了颜色的美学。再往上提升，天地间调和的学问，无不如烹饪一样，老子说"治大国如烹小鲜"，伊尹说做宰相如"和羹调鼎"，都是这种智慧的至理名言。

在西方，烹调的想象力虽不如中国，但谚语也有"一人生食天下饥""希望好像食盐，少放一点，便觉津津有味，放得多了，便吃不下去"等语，全让我们体会烹调之学问大矣哉！

我想，人的喜怒哀乐诸情欲与禽兽总有相通之处，最大的不同，除了衣冠，便是烹调的艺术。人之外，没有一种禽兽是懂得烹调的。

我有一些朋友，每次走过卖炸鸡和汉堡包的食铺，总是戏称之为"野人屋"，因为在里面的人只求迅速填饱肚皮，食物全是机器做出来的，有的还假手电脑，迅速是迅速，进步则未必。

每次看到食谱，感觉也差不多。食谱总是作为人的初步，如果一个人一生全依食谱做菜也未免可悲，如何从固有的食谱里找出新的调配方法，上天入地独创一格，才够得上美，才能使简单的吃也进入艺术的天地。

从"肉骨茶"想到人不只在为了填饱肚皮，填饱肚皮以外还有吃的大学问。第一个把肉骨和茶同食，与第一位吃蟹蘸醋，吃鸭蘸甜酱，吃烤鱼加柠檬的人都是天才人物，不比艺术家逊色。做凡人的我们，如果在吃的时候能有欣赏艺术的心情，它的微妙有时和听一曲好听的音乐、看一幅好画、读一本好书并无不同。

倘若一个人竟不能欣赏美食，我想这样的人一定是与艺术无缘的。

# 在微细的爱里

苏东坡有一首五言诗,我非常喜欢:

> 钩帘归乳燕,穴牖出痴蝇。
>
> 爱鼠常留饭,怜蛾不点灯。

对才华盖世的苏东坡来说,这算是他最简单的诗,一点也不稀奇,但是读到这首诗时,却使我的心深深颤动,因为隐在这简单诗句背后的是一颗伟大而细致的心灵。

钩着不敢放下的窗帘,是为了让乳燕能归来。看到冲撞窗户的愚痴的苍蝇,赶紧打开窗门让它出去吧!

担心家里的老鼠没有东西吃,时常为它们留一点饭菜。夜里不点灯,是爱惜飞蛾的生命呀!

诗人那个时代的生活我们已经不再有了,因为我们家里不再有乳燕、痴蝇、老鼠和飞蛾了,但是诗人的情境我们却能体会,他用一种

清欢

非常微细的爱来观照万物。在他的眼里,看见了乳燕回巢的欢喜,看见了痴蝇被困的着急,看见了老鼠觅食的心情,也看见了飞蛾无知扑火的痛苦,这是多么动人的心境呢?我们有很多人,对施恩给我们的还不知感念,对于苦痛生活在我们身边的人吝于给予,甚至对于人间的欢喜悲辛一无所知,当然也不能体会其他众生的心情。比起这首诗,我们是多么粗鄙呀!

不能进入微细的爱里的人,不只是粗鄙,他也一定不能品味比较高层次的心灵之爱,他只能过着平凡单调的日子,而无法在生命中找到一些非凡之美。

我们如果光是对人有情爱、有关怀,不知道日落月升也有呼吸,不知道虫蚁鸟兽也有欢歌与哀伤,不知道云里风里也有远方的消息,不知道路边走过的每一只狗都有乞求或怨怨的眼神,甚至不知道无声里也有千言万语……那么我们就不能成为一个圆满的人。

我想起一首杜牧的诗,可以和苏轼这首诗相配,他这样写着:

已落双雕血尚新,鸣鞭走马又翻身。

凭君莫射南来雁,恐有家书寄远人。

# 咸也好，淡也好

一个青年为着情感离别的苦痛来向我倾诉，气息哀怨，令人动容。

等他说完，我说："人生里有离别是好事呀！"

他茫然地望着我。

我说："如果没有离别，人就不能真正珍惜相聚的时刻；如果没有离别，人间就再也没有重逢的喜悦。离别从这个观点看，是好的。"

我们总是认为相聚是幸福的，离别便不免哀伤。但这幸福是比较而来，若没有哀伤作衬托，幸福的滋味也就不能体会了。

再从深一点的观点来思考，这世间有许多的"怨憎会"，在相聚时感到重大痛苦的人比比皆是，如果没有离别这件好事，他们不是要永受折磨、永远沉沦于恨海之中吗？

幸好，人生有离别。

因相聚而幸福的人，离别是好，使那些相思的泪都化成甜美的水晶。

因相聚而痛苦的人，离别最好，雾散云消看见了开阔的蓝天。

可以因缘离散，对处在苦难中的人，有时候正是生命的期待与盼望。

聚与散、幸福与悲哀、失望与希望，假如我们愿意品尝，样样都有滋味，样样都是生命中不可或缺的。

当年高僧弘一大师，晚年把生活与修行统合起来，过着随遇而安的生活。有一天，他的老友夏丏尊来拜访他，吃饭时，他只配一道咸菜。

夏丏尊不忍地问他："难道这咸菜不会太咸吗？"

"咸有咸的味道。"弘一大师回答道。

吃完饭后，弘一大师倒了一杯白开水喝，夏丏尊又问："没有茶叶吗？怎么喝这平淡的开水？"

弘一大师笑着说："开水虽淡，淡也有淡的味道。"

我觉得这个故事很能表达弘一大师的道风，夏丏尊因为和弘一大师是青年时代的好友，知道弘一大师在李叔同时代，有过歌舞繁华的日子，故有此问。弘一大师则早就超越咸淡的分别，这超越并不是没有味觉，而是真能品味咸菜的好滋味与开水的真清凉。

生命里的幸福是甜的，甜有甜的滋味。

情爱中的离别是咸的，咸有咸的滋味。

生活的平常是淡的，淡也有淡的滋味。

我对年轻人说："在人生里，我们只能随遇而安，来什么品味什么，有时候是没有能力选择的。就像我昨天在一个朋友家喝的茶真好，今天虽不能再喝那么好的茶，但只要有茶喝就很好了。如果连茶也没有，喝开水也是很好的事呀！"

/林清玄散文精选/
# 这个世界,我看见了

我们应该如何面对我们的青春岁月呢?
我想,最重要的是培养一个开放的心灵,
其次是注视这个世界,再次是关心社会与人群,
最后则要有追求理想生命的壮怀。
这些,都必须从书本抬起头来、从封闭的黑房子走出来,
看看这个社会、这个世界,
想想人群的苦乐、人群的未来。

# 世界如此广阔

蝇爱寻光纸上钻,不能透处几多难?

忽然撞着来时路,始觉平生被眼瞒。

——白云守端禅师

我们在生活里经常会有两种经验,一是把自己觉得贵重的东西,找一个特别的地方收藏起来,到要使用的时候,却怎么也找不到那件事物了,原因是我们不以平常心对待,它自然也不平常地对待我们。

另一种经验是,常常使用的东西,费尽九牛二虎之力也找不到,最后发现它就在手上,或在口袋等离我们最近的地方。原因是我们时常舍近求远,而焦虑使我们盲目。

每当我看到有小动物,像蜜蜂、蝴蝶、苍蝇、蚱蜢在飞扑着窗子,急得满头大汗的时候,一方面感到悲悯它们,一方面也想到自己有像它们一样盲目的时候而悲悯了自己。我们被眼耳鼻舌身意所欺瞒的众生,如何才能找到通往广大世界的门扉呢?

因此我读到白云守端禅师悟道的抒怀诗时，非常感动，他把自己比为一只在窗纸上钻撞的苍蝇，忽然撞到来时的道路，才知道平生被自己的眼睛瞒住了。我们要留意"来时路"这三个字，若能找到来时路，就是找到了"父母未生时的本来面目"，当时恍然大悟，才充满了感恩，知悉世界原来如此辽阔而美好。

在《景德传灯录》里有个故事，是说古灵神赞禅师在福州大中寺受业后，行脚时遇到百丈禅师，因而开悟，他开悟后立刻回到大中寺，希望能帮助他最早的受业师父。当他拜见受业师父时，师父问他："你离开我在外参学，得到了什么？"神赞说："没有什么。"师父就叫他和平常一样去做杂役。

有一天，他帮师父洗澡搓背，对师父说："好一所佛殿，佛却不能彰显。"师父回头奇怪地看着他，他说："佛虽然不彰显，却能放出光芒。"

又有一天，师父在窗下看经，一只蜜蜂在窗纸上冲撞，飞不出去，神赞感叹道："世界如此广阔，你不肯出去，却在同一张纸上钻，到什么时候才出得去呀！"师父没有反应，神赞随口诵诗一首：

空门不肯出，投窗也大痴，
百年钻故纸，何日出头时。

师父听了心有所感，放下经书问他说："你行脚的时候遇到什么人？我看你已和从前不同，连说的话都不同了。"他于是对师父说:"弟子遇见了百丈和尚指点,已经开悟,特地回来报答师父的恩德。"

师父就召集大众,请神赞上座说法,神赞于是举唱了百丈禅师的心法,说道:

> 灵光独耀,迥脱根尘,
> 体露真常,不拘文字。
> 心性无染,本自圆成,
> 但离妄缘,即如如佛。

师父听了神赞说法,因而大悟,感叹地说:"幸好在垂老的晚年,还能听到这么殊胜的禅法呀!"

神赞与受业师父的故事,令人感动,里面有师徒的情感、报恩的思想、高远的精神、悟道的平常,使我们知道佛法不离人情,禅心不避世事,见到了禅者平常却不凡、日用而高超的风格。

# 寻找从前的眼泪

铅泪结，如珠颗颗圆，

移时验，不曾一颗真。

——澹归禅师

我走到一条分岔路口，遇见一位老先生在路口奉茶。

路口太热了，我讨了一杯茶喝，看见两条分岔路口，路头各种了一株高大的树，左边的是樱花，右边的是玉兰花。

"这两条路是通往哪里？"我问。

老者说："左边的这一条是要寻找从前的眼泪，右边这一条是要寻找未来的笑容。"

"哪一条比较热闹呢？"

"当然是右边这一条了！寻找从前的眼泪的人很少，大部分人都在找未来的笑容。"

我一边喝茶，一边寻思，我一向不爱走人迹热闹的路，喜欢走孤独的小径，于是谢了老者的茶，往左边的路，去寻找从前的眼泪。

通往从前的眼泪之路，沿路都是落樱，刚谢落的樱花，使小路形成了一种凄楚的美，彷然若梦，而我走在梦里。

但是，那一条路，很短、很短，路很快就断了，横在尽头的是一条大河，河水奔腾，向不可知的远方流去，我不明所以地站在河边，哪里才是从前的眼泪呢？

突然瞥见河边的标示："泪河——所有人的眼泪，共同的流向。"

我的心里涌起一段对话。

佛陀："是你们无穷的身世里，所流的眼泪多呢？还是四大海的水多？"

弟子："世尊！是我等的泪比四大海的水多！"

佛陀："善哉！善哉！"

若能汇集遥远身世以来的、从前的眼泪，一定也多过眼前这奔流的大河呀！站在河边茫茫水雾中的我，忧伤地想着。

突然，我从迷茫的睡眠中醒来，呀呀！原来是一场梦。

梦的暗示有时比实际人生更真实。

从前的眼泪不论有多么真切、晶莹、圆润、硬朗一如珍珠，时空一过，尽成幻化，没有一颗是真实的，可叹我们总留在泪海里，我们永浴爱河，在爱与泪的河水里泅游，不能解脱。

若有那么一天,我们不再洇游、不再沉沦,不再寻找从前的眼泪,那一刻的觉察,或者就是悟了。

悟了!是不是就在走向未来的笑容呢?我不知道,问一问路头那一棵玉兰花吧!

# 这个世界，我看见了

我对街头林立的MTV商店有一种微微的痛恨，尤其是这两天又发现家附近一家MTV正在装潢，连对街的两家，这仅仅五十公尺长的街道就开了三家MTV。在更繁荣的地区更不止了，我一次沿忠孝东路散步，从复兴南路到光复南路随意算了一下，MTV竟上百家，真是不可思议的数目。我对本来不怎么好的东西蔓延得很厉害总感到痛恨，对MTV也不例外。

我的一些朋友知道我对MTV的恨意，都意见一致地取笑我，第一个取笑是说我已经有点老了，老到无法接受这社会的新事物，MTV是年轻人的专利，当然我看不惯。第二个取笑是说我的道德观太强，已经与这个社会格格不入，而道德在现代社会不值一分钱。第三个取笑是说我不理解年轻人的无聊与苦闷，应该花更多时间来参与青年的活动。

朋友的批评非常的诚意，我也感到应该有所反省，确实，在这个混乱的社会里，我的道德观似乎太强烈和保守了，这种仿佛于"上一代"的道德观使我就好像一个老人。

## 把感官与思想全部封住

不过，我对MTV的反对，并不因于我的老或我的道德观，虽然MTV过去曾发生过许多社会问题，这些却不是我反对的焦点。我最反对MTV的是，它是一个封闭的空间，又面对一个封闭的画面，我们试想，一个年轻人到了MTV，就是把自己的感官与思想全封锁在一个狭小的空间，如果不幸的他爱上MTV，天天都去看几个小时，他的人格与视野将会受到多么大的影响？更不幸的是，如果他爱看的是一些色情暴力的影片，则心灵与健康都会受到多么大的戕害？

不只是MTV，我对电视都是反对的，我曾写过一篇文章，题名是《侏儒化的世界》，就是反电视的。我认为长时期看电视会使人成为心灵的侏儒，如果全国的儿童与青少年每天看几个小时的电视，这个国家将来就全是庸俗的人，因为看电视使我们的社会失去沉思者与创造者，其影响之深远是难以估量的。

看电视会使人得到"心灵侏儒症"，已经由世界上许多学者所证实，只是我似乎比他们更忧心一些，那是因为在我们这个国家，对"电视"这个东西不像外国有检讨与反制的力量，我们的电视几乎是为所欲为的。我们知道，儿童与青少年学生看电视的时间通常是从下午放学到晚上八点档连续剧结束，想想看，我们的电视在这段时间里提供了什么呢？

五点后是日本气味的杀伐暴力的卡通片，里面有杀人不眨眼的战士与心灵丑恶的怪物在那里做永无休止的争战；六点后是天天看也得不到一点启发的综艺节目，六点半后是彻底扭曲台湾乡土的闽南语节目与千篇一律的歌仔戏。最可怕的是，八点档的连续剧，几乎看不到一个有诚意有智慧的戏，一台是幼稚的神怪，一台是没有人性的大家族情仇，一台是充满情欲与堕落的所谓文艺爱情戏，然后他们全部宣称自己是收视率第一。

青少年与儿童长期受这样的电视濡染，心灵的狭小是可以想见的，对于我们的电视，我用两个字来形容，就是"反智"。

## 阳光下有许多地方可去

电视如此，MTV就更可忧虑了。

想想，一只小鸟如果长时间躲在它狭小和黑暗的窝巢里，它长大会是什么样子呢？长期看电视和MTV的青少年正是如此。

我所反对的MTV或电视的理由，其实来自于一个更深刻的理念，就是反对封闭而黑暗、狭小而浮浅的空间，以及反对一个年轻人把生命埋葬在里面。我也反对像酒家、茶室、卡拉OK、电动玩具店、啤酒屋、三温暖、地下舞厅、黑漆漆的咖啡室这些地方，这些灯光黑暗、欲望充斥之地，会使一个青春的生命在无形中腐蚀了。

有人也许会问我："你全反对这些，那么年轻人有什么可以玩呢？"

好像年轻人除了在黑房子里玩乐之外，没有地方可去一样，其实，阳光下正有许多地方可去，或山或水，或平原或海边，或者只是在公园里散步，在红砖道上注视人群，也总是比在黑房子里要好一些。

我们时常在形容年轻人时说，"年轻是生命的春天""年轻人是朝阳""年轻是盛放的花朵"，而我们也常把青春岁月说成是"黄金岁月"，可是我们想一想，哪有春天与朝阳是关在一个小房子甚至小荧幕里的？哪有花朵与黄金放在黑房子里不黯然失色的？

所以，把生命埋在类似MTV这样的地方是不是很可悲？

我觉得这个时代的年轻人还另有可悲的地方，不知道为什么现在一般的青年分成两派，一派是"乖乖派"，一派是"享乐派"。"乖乖派"的青年每天在乎的是学校的功课，在乎考几分，每天的日子最大的意义就是在应付考试，好像一辈子就要那样考下去。"享乐派"则是每天在MTV、地下舞厅、咖啡屋出入，他们追求官能的享受与欲望的刺激，让青春成为毫无顾忌享乐的同义词。这种分野在都市青年身上特别容易看出来。

不管是哪一派，我想都应该认识到青春是有限的，年轻是一种很容易失去的东西，而且总是在不知不觉中就失去了。把所有时间花在读教科书和考试的青年，会失去青春的许多梦想与美好的日子，他们也很容易在考试的压力里失去对生命美好的信心，其实，考试时差几分有什么要紧呢？而把大部分时间用来享乐、放浪无度的青年，到中年以后就会支付很大的代价，那代价的利息非常高昂，可能是正值青春的人难以想象的。

## 张开我们的眼睛吧！

那么我们应该如何面对我们的青春岁月呢？

我想，最重要的是培养一个开放的心灵，其次是注视这个世界，再次是关心社会与人群，最后则要有追求理想生命的壮怀。这些，都必须从书本抬起头来、从封闭的黑房子走出来，看看这个社会、这个世界，想想人群的苦乐、人群的未来。综合地来说，就是要以开放与关怀的心来正视世界、追求理想。

亲爱的亮亮，我们在青年时代可能还没有能力来贡献世界，不过，我们是有能力来关心世界、正视世界的，唯有对这个世界有了解与关心，将来我们的生命才会有着力的地方；唯有能看清世界、体贴世界的人，在走过青春的波涛时，往后回顾才能无怨无悔。

现在在青年间最流行的一句广告词是"我有话要说"，可是如果我们不真情地注视世界，真正让我们说话，一定也说不出什么有智慧的话。因此，"我有话要说"的背景必须落实在对人性对世界的认识，才能说得出口，说得理直气壮。另外的两句广告词是"我就是年轻""年轻不要留白"，同样也应该站在这个基础才有意义。

亮亮，我的青春生活虽然没有什么可资歌颂的，但是我可以这样说："这个世界，我看见了。"

张开我们的眼睛、张开我们的心吧！

因为，青春是这样的有限！

# 月光少年

在这温柔的月光下,我们能给少年什么样的爱?
在无边的黑夜,隐身于月光的少年,又有什么样的梦想与将来?
失去远大梦想的少年,又和植物人有什么不同呢?

从中华路走到汉口街的"台映试片室"时,发现西门町在这二十年来的变化实在很大,许多广告牌和街道虽然是原来的样子,却有一种陌生之感。

与从前的繁华相比,西门町有点像迟暮的美人,白天已经掩饰不住皱纹,只有到了晚上,才勉强振作精神,浓浓梳妆,然后走出一个徐娘来。

西门町有点老了,作为一个城市的老社区,这是无可奈何的事,城市本来就是不断地变迁和移动的,就像有一个出租车司机告诉我:"谁能想到从前到处是稻田和坟墓的地方,现在叫作'信义计划区'呢?谁又会想到从前在偏远郊区的民权东路殡仪馆,现在正好在台北的市中心呢？"

西门町只是愈移愈偏远了。

那就像，我们心中关于西门町的记忆，也是一天一天地在变远，因为生命本来也是不断变迁和移动的。

要到"台映试片室"时，使我想起年少时代对一切的艺术都是那么狂热，把每个月几乎连分毫都难以移动的生活费，挪出一部分去看电影、看表演、买书册。

后来觉得太奢侈了，到处打听怎么样可以免费接触到艺术，例如不买书，到图书馆去借书；例如不买票，打听舞蹈、戏剧彩排的时间去看表演；例如打听各家试片室的放片时间，去看第一手的电影。例如万不得已买票看表演，总买最便宜的票去坐前排的空位，后来我才知道凡是表演，前面一排的位置会留给大官，十排、十二排则留给媒体和贵宾，我很庆幸许多大官和记者没有时间去看表演。

"台映试片室"是我在学生时代常去看试片的地方，通常试片都会有更详细的影片资料，甚至偶尔还有饮料和点心招待。使得没有钱看电影的我，留下许多温馨美好的回忆，我虽然无功地去看电影，但只要是好电影，总会想办法写影评来回馈招待我的影片公司。

非常讽刺的是，在我从事传播工作以后，每星期都有人招待我看表演、看电影，而我通常没有时间去看，这时我就会期望，有一个隐在角落不知名的少年，会去坐那一个为我而空下来的位子。

我今天到这随着西门町老去而旧了很多的"台映试片室"，是来看我在世新电影科的同学余为彦导演的新片《月光少年》。余为彦是我的同学中，少数真正对电影有热情的人，在电影圈打滚了十几年，始终坚持理想，从他参与的《牯岭街少年杀人事件》，和他导演的《童党万岁》看来，他对电影创作实在有异于常人的信念。

到了《月光少年》，他关怀着植物人灵魂的问题，他关心着一个少年的幽微梦想，他对电影形式的创新与电影艺术的信念，都使我有着感动之情——在这温柔的月光下，我们能给少年什么样的爱呢？在无边的黑夜，隐身于月光的少年，又有什么样的梦想与将来呢？

失去远大梦想的少年，又和植物人有什么不同呢？

台湾电影界最令人期待的地方，正是有一些电影的终极分子，他们对电影的人文、艺术、理想，始终有锲而不舍的精神，并且努力实践。

走出"台映"，台北正午的闷热，使我感觉一种如梦的气氛，想起从前和一些热爱电影的朋友，在月光下的院子辩论电影的情景。

从前那种非常人文、非常艺术、非常纯粹、非常理想的少年情境已经回不去了，这倒使我有点惭愧起来。

正像我们走进西门町，又走出西门町；我们走进某一夜的月光，又走出来，人生的经验亦然，生命是不断在变迁和移动的。

而，月光，每一夜的月光都相似，每一片月光却又那样不同！

# 不用名牌的幸福

到北京一家新开的商场，带我前往的朋友说："几乎你想得到的世界名牌，这里都有。"

我一向对精品名牌不感兴趣，更甭说是仿冒的名牌了，但为了感谢朋友，也就认真地逛起了那非常巨大的商场。

商场是摊位制的，并没有统一的规划，可惊的是，每一家摊商卖的东西都大同小异，清一色全是名牌，正如这些年来上海、广州、深圳、大连、天津、重庆……逛过的商场，可以说整个中国都被这种仿冒的名牌淹没了。

北京的朋友苦笑地说："名牌真的一点也不稀奇，在北京和上海打扫大楼的老太太，每一个背的都是LV呢！"

在被名牌淹没的商场里，实在没什么好逛，我灵机一动，到每一个摊位就问店员："有没有不打牌子的包包或衣服？"

店员一听都当场怔住，想了半天："没有牌子的？没有哇！我们的每一件都有牌子！"

有的店员说:"有牌子才有价值呀!现在没有人在认质量,都是认牌子!"

有的店员说:"来我们这里的,就是来找牌子呀!"

确实令我感到意外,偌大的一座商场,数百家店里,竟然没有一家不卖名牌的店。

好不容易找到两个摊子,翻箱倒柜地找了半天,才找到几个没有烙狗(Logo)、没有牌子的包包,是手工制作,作者拿来寄卖的,因为很久卖不出去,就被店家束之高阁了。

我把那些没有名牌,没有商标的皮包,全买了下来,因为它们都是手工精细、品味超卓,连素材皮料都是精挑细选的。最重要的是,它们都非常价廉,价格还不到仿冒名牌的一半。

离开商场的时候,我和商家约定:"你们应该多卖一些非名牌,纯手工的东西,你去多找一些,我下回来北京,再来向你买。"

店家笑了:"你是第一个不买牌子的人呢。"

是呀,不只是北京,这个世界早就被名牌淹没了,我每年都要穿梭很多个国际机场,所有的机场全是一个样子,名牌蔓延、泛滥成灾,那些名牌已经一致性到全勾引不了我的眼睛一瞥,环目四望,看见的就是这个世界的创造力正在严重地萎缩。

名牌节节高升的价位,更使这个世界处于饥饿边缘的人,变得讽刺,一个在上海卖出的名牌手袋,价钱可以供给黄土高原上全村居民一年的粮食;一条在深圳卖出的名牌皮带,是蒙古高原一头牛的价格；一个在北京卖出的名牌皮包，正好可以供北京大学一名来自穷乡僻壤的学生从大一读到毕业。

世界完全失衡了，名牌更使这种失衡跌落深渊！

这世界应该有更多人站出来，说："我们不要名牌，没有半件名牌的人也可以很幸福！"

当我们不爱名牌，仿冒的问题自然就解决了。

我那些北京品味最好的朋友，看到我买的包包，都说："林老师的眼睛好毒！最好看的包都被你挑走了。"

我说："我一点也没挑，只是买了没有马克（Mark）的皮包呀！"

背着无名牌的包包在台北街上行走，经常有很时尚的男女跑来问我："先生！你的包包在哪里买的，真好看！"

叫我如何说？那是在北京越秀商场地下室唯一两家有非名牌的小摊子买的！

我希望有更多的人可以做自己，每个人确立自我的独特性，走入名牌的丛林，可以"百花丛里过，片叶不沾身"，这个时代，假时尚之名，行文化侵略之实，已经使价值思维、理想、品味都完全扭曲了！

# 从最根深处站起来

## ——摊贩素描

### 一双未完成的鞋子

我们不管在什么时间，从任何地方走过，都很容易看见一个景观：许多人围聚在一起，看着小小的摊位出售货品。

我们或者会停伫下来买一点东西。

我们或者会站着看他们买些什么。

大部分的时间，我们视若无睹地走过，冷然无情地走过。

于是，那些生活在我们四周的人，便好似与我们没有什么相干，我们不知道他们的生活、他们的背景，甚至不知道他们是从什么地方冒出来的。

有时候我们会抱怨他们阻碍了交通，妨碍了秩序；有时候我们高兴在无意中买了便宜的东西；还有时候，我们会问："他们大概赚了不少钱吧？"

这是我们对摊贩的一般概念。所以摊贩虽然与我们的生活有相当关系，他们却仿佛生活在另一个神秘的世界，我们看不见他们的辛酸，也看不见他们如何在最根深处站了起来。

多年来，我接触了很多摊贩，我佩服他们面对生活的勇气。他们虽然做着最卑微的职业，和生活苦斗着，光是这一点就足以给我们很大的启示。

在写这些摊贩前，我想起了童年的经验。

七岁的时候，我用一个铜板一个铜板攒聚起来的少量金钱，向小镇街边的摊贩买了一盒油彩。回到家里，我把那盒有十二种颜色的油彩一条条地挤出来观察，当色彩从管子中出来的一瞬间，我领悟到人间的色彩，那种色彩的感觉一直跟随我到今天。

然后我想，我要画什么呢？

我选择了那个卖油彩的摊贩。

我便每天背着油彩坐在摊贩对街的农会屋檐下，画那一个瘦小的老摊贩，他穿着厚重的棉衣、戴黑色毛线帽的形象给我很大的震撼。可惜当我画到他那一双开口笑的皮鞋时，一个警察走过来把他赶走了，使我童年的第一张色彩画一直没有完成，以后我再也没有看过那个老摊贩。我每天孤独地站在未完成的画前面，因为无法涂抹最后的那一双鞋子而苦痛不堪。

我甚至为他哭了。他会到哪里去呢？他再不再卖油彩呢？我迷惑而哀伤地思念着那一位老人。童年那一段不快乐的经验在我日后的生活投下很长的阴影，很久都无法散去；也使我对摊贩怀有一种特别的情愫——这些社会里最基层的"游牧民族"在我的内心里投下很特殊的造型。

当我遇见一个摊贩，童年的造型便浮突出来，如今我写摊贩，只是要了却那最后一抹未完成的画的心愿吧！

### 自足地面对生活挑战

冷风呼吼的冬天，我到东部一个小渔港去。清晨，我独自走到临近海边不远的鱼市场，为的是观察渔民在晨曦起时如何进行他们的交易。

在鱼市场里，可爱的渔民们正兴高采烈地出售他们的鱼，渔民们自兼摊贩大声地吆喝着，特别让我觉得真实而感动；这时候，一个摊贩的形象吸引了我。

他把一箩筐一箩筐的鱼从三轮货车上卸了下来，大声叫着："来喔！新鲜的、最好的鱼在这里！"我走过去，他转过身来，我看清了他嘴角留着两撇稀朗的猫须，有一些槟榔汁还残留在他的唇边。

他戴着一顶载满了风霜的鸭舌帽，穿一双黑色雨靴，他的衣服沾满了鱼的腥香，最让我吃惊的是他的表情，他始终带着微笑，非常自信自足地推销他一夜辛苦捕来的鱼。

渔民摊贩看到我拿了相机，他欣悦地微笑，然后抓起箩筐中的一条鱼对我说："你要拍照就要拍最好的鱼，我这里的就是最好的鱼。"后来，我陪他在一起卖鱼，由于他的自信，他的鱼很快地卖完了，卖完鱼他高兴地收拾箩筐，哼起农人的一首歌："透早就出门，天色渐渐光……"

渔民四十二岁了，他告诉我，他生活的信心是来自他的祖先，他在幼年时便陪伴父亲在鱼市场贩卖自己捕来的鱼，他说："我们四代卖鱼了，当然卖得最好。"他认为渔民的生活很辛苦，但是没有什么抱怨："我祖父、父亲都这样过来了。"

那个渔民自足地面对生活挑战的态度，给我很大的撞击，我站在该地，看他的三轮货车绝尘而去，鱼市场喧嚣的声音突然隐去，只剩下他的形象在脑中盘旋。

### 去伤解郁·根治百病

妇女百病
心脏无力
关节抽痛
气血两虚
脚风手风
寒热咳嗽
九种胃痛
跌打损伤
五劳七伤
神经衰弱

> 失眠夜梦
>
> 梦泄遗精
>
> 精力不足
>
> 记忆减退

一块白布长条写了这些用红色漆成的大字，一位神情健硕的老人正在白布后推销他的"祖传秘方"。在南部一个小镇上，我很吃惊地站定，看他简单的药粉竟可以治愈那么多的"现代病"，尤其让我惊奇的是，老人斩钉截铁的神情。

他说："神经衰弱吃一包就见效，败肾失精吃两包就见效，各种胃肠病吃三包就见效。这款药粉不是普通的药粉，是数百种草药、数十年的经验所炼成的，吃一罐治标，吃两罐治本，长期服用，活百年。

老人"去伤解郁，根治百病"的药方，竟然说动了旁观的民众，一个小时不到，老人卖了一万多元的祖传秘方，他药箱里的药几乎全卖光了。老人收拾好行李，我和他在凌晨的夜街上步行时，他告诉我，这种药确实有效，是他祖先几代赖以维生的药方，可以"有病治病，无病保身"，绝对错不了。

老人已经七十岁了，他还要将这个药方留给他的子孙，他说自己是个江湖人，每隔几天就要换一个码头，"只要带着一箱药粉，我就可以走遍天下了。"

穿着黑长裤、黑布鞋、红毛衣、白衬衫的老人，在街上的形象非常深刻，他像流浪在乡间的许多江湖人一样，生命在默默地流转。

基本上，我不相信有一种可以治百病的药粉，由于老人的流动性，到底灵不灵也没有人经验过，但是我佩服老人的生命力，正如他的药粉一样，在西药已经风行的今日今地，他还能坚韧并且有力地在乡间的每一个角落跳动。

## 不要忘记我们的"粿"

有一天我路过华西街，被一个路边三尺见方的小摊贩吸引住了，一位二十出头的年轻人和他的年轻妻子正在忙碌地"包装"一些"红龟粿、菜头粿、芋仔粿"卖给过路的人。他们的忙碌很出乎我的意料，许多中老年人路过时买一个粿边走边吃，像粿这种传统的零食没想到流行了这么多年还受人欢迎。

我访问了那对年轻的，在他们摊位上只点一盏五烛光小灯的夫妻。

他们在那里已经摆了四年的"粿摊"，收入相当不错，动机是："我们有一次在外祖母家里吃了粿，真好吃，就想到这样的东西数千年来还受到民众的欢迎，一定有它的道理在，何不摆个摊位试试看呢？请教了外祖母制作方法，便尝试性地摆摊，没想到一摆就是几年下来了！"

那个粿摊是很受欢迎的，它有固定的老主顾，尤其年节庆典时更是供不应求，夫妻两个忙得不亦乐乎。

本来沉默站在一旁的太太说："中国人还是吃中国人的东西卡惯势。"

他们的生活没有什么烦忧，夫妻俩都认为卖粿的行业是"前景看好的"。我很喜欢这对勤劳的小夫妻，他们白日在家中努力地做粿，夜里出来摆摊，生活在自足的小天地里，甚至他们的粿也在那里被摆出一点名声了。

我想到，借着许多小摊贩，中国传统的吃食和民间工业才得以保存，并在民间展现它的活力，如果没有这些勤劳的摊贩，很可能我们要失传了许多可贵的东西。

那些失传的东西像"粿"一样，在民间小摊贩间总会留下一些肯定的声音："红龟粿、菜头粿、芋仔粿……这里天天卖。"

## 捡回丢落的鞋子

摊贩们固守自己天地的生活并不是很安定的，有一回我走过台北市的一条大马路，就看到一幕心惊的影像。

一排卖小吃的摊贩中有一位妇人，带着她大约三岁大的女儿在卖肉羹，许多人围着摊子吃着一碗七元的肉羹，妇人熟练地从大锅里舀出肉羹，放一点佐料、一点青菜，然后端给站立着吃肉羹的人，她不断重复那一个单调的动作，最难得的是，脸上始终带着笑容。她的小女儿则乖巧地在旁边玩耍。

"警察来了。"

突然，在前头的第一个摊贩叫起来了，所有的摊贩便惊慌地奔窜着，妇人的累赘太多，她迅速用右手抄起女儿抱在怀中，左手推着那一辆摊贩车向小巷中拐了进去，许多吃肉羹的人端着碗跟她的摊子一起跑。

很快地，妇人与她的摊子消失在街的尽头。

但是，她小女儿的拖鞋却因为匆忙奔跑，掉落在街心，空旷的街上两只小鞋子格外显得凄清，两个着整齐制服的警察走过，等警察走远了，那个妇女才蹑手蹑足地回来捡拾女儿的鞋。

她那余悸犹存的心惊样子，一时之间也让我手足无措，我觉得悲怆。

摊贩难为，他们除了面对生活的勇气之外，有时候自尊就像匆忙中丢落在大街上的鞋子，要随时一次一次地捡回来，然后穿上鞋子，然后面对新的挑战。

当然，警察是对的，摊贩为了求生活也没有错，到底是什么地方错了呢？

## 从最根深的地方站立起来

每一个人都应该知道如何调整自己，以便在扰攘的尘世中立足，摊贩也不例外，他们不是生来便注定做摊贩，因此他们必须不断地自我调整。

如果社会是一棵树，摊贩必然是土地下最末梢的根须，我们也许会忽略他们，但是在一棵大树的成长中，他们供应了相当大的动力。

他们的自足、自信和挺然站立，使我们整个社会可以从最根深处站立起来。

写到这里，我又想起童年未涂抹完的摊贩开口笑的皮鞋，我还是留下了最后一笔，我希望能常常面对它。

/林清玄散文精选/

## 一滴水到海洋

唯有发现心里一滴水的人,
才能体会海洋也是一滴水的汇集与映现。
能品味一滴水,
也就能品尝海洋的真味了。

# 好的小孩教不坏

天下太平的线索，就是每一个人都确立了生命的好质量，可叹的是，这个社会愈来愈重视包装而忽视质量了。

有一回去参加有关青少年问题的座谈会，与会的专家都大谈教育问题，最后轮到我发言，我说关于教育我的看法很简单，只有两句话，第一句话是"好的小孩教不坏"，第二句话是"坏的小孩教不好"。

与会的人都大感惊诧，因为既然是这样，教育就无用了，还需要教育干什么呢？

这两句话并不是反对教育的功能，而是说透过教育所能做的事物实在非常有限，这个观点是从佛法的观点出发的，因为从因果律上看，每一个孩子投生到这世界就好像是一粒种子，种子虽小，却一切都具足了。

假如这一粒是榕树的种子，那么就要以榕树的特质来帮助种子的成长，但是不管多么努力照顾，榕树的可能性是：一变成大榕树，二变成小榕树，三根本不发芽成长。纵使用尽一切资源，也不可能使榕树的种子成为松树，或成为现在最昂贵的红豆杉。

教育可以做的范围大概如此，即使再天才的教育家也不应该渴望把榕树变成松树，比较不幸的是，我们目前的教育，似乎都是在努力着，希望每一个小孩子都成为红豆杉，于是耗神费力地做改变种子特质的工作，这是因为大家都相信红豆杉才是最有价值的缘故。其实，国宝级的红豆杉固然可以做雕刻、做家具，平凡的榕树又何尝不能做风景，不能让人在庙前乘凉呢？

教育，是在使一棵红豆杉长成好的红豆杉，尽其所用；也在使一棵榕树成长为好榕树，不负其质，如果教育是使红豆杉变成榕树，或榕树长得像红豆杉，那就完全错了。

齐头式的教育，将会使许多红豆杉或榕树不能长成他们本质的样子。

只有立足平等的教育，使草木自己成长，每个人的本质才都得以发挥。

我主张"好的小孩教不坏，坏的小孩教不好"的第二个原因，是认为教育最要紧的是唤起人内在的渴望，而不在于填塞了什么内容。一个小孩子如果内在的渴望被唤起，真正想为这渴望去努力，他就不容易变坏了。这渴望，就是我们幼年时代常常写作文的"我的志愿"，那志愿如果不是口号，而是了解自我本质后的确立，渴望就产生了。

举例来说，像舞蹈家林怀民、音乐家李泰祥、电影导演侯孝贤、剧场导演赖声川、雕刻家朱铭，这些充满创造力的人物，他们的教育并没有成为艺术家的环境，由于他们的成就动机（也就是渴望），他们走上了自我教育，就比较能成功。

反之，一个孩子的内在渴望没有被唤醒，他可能造成两个极端，一是庸庸碌碌终其一生，一是充满反社会的倾向。这就像我们不管土质，把洋芋、番薯、稻子、西瓜、松树全种在一片地上，有的就不会结果，有的就会破坏水土，其实，教育的原理由大自然的培育与生态间就可以看见相通的道理。

"好的小孩子教不坏，坏的小孩子教不好"的第三个原因，是身教重于言教，我们要孩子有好的本质，必须自己先有好的本质，这样孩子就不至因环境的关系走上岔路。

这道理很简单，就像小的孔雀一定要养在孔雀群中，它才会知道如何学习开屏，做一只美丽的孔雀，若把孔雀养在鸡群，孔雀到后来就会像一只鸡一样，孟母三迁的道理就在于此。

因此在理论上，一个生长在大学校园的孩子，会比生长在风月场所的孩子容易有好的本质。

我把这种身教重于言教的说法，用现代一点的语言就是"典型的确立"，我们的孩子从小如果有好的典型或偶像，那么纵使教育没有提供足够的资源，他依然有成就动机，成功的可能就大得多。我自己的环境就没有提供成为作家的资源，由于小时候的偶像都是诗人作家，也就自然地走向作家之路。

我们大致上都可以同意，关于教育，人格比学问重要，智慧比知识重要，一个孩子若有健全的人格，而且有生活的智慧，不仅他自己会过得平安快乐，也会成为社会的正面因素。如果我们教了许多有学问、有知识的人，人格不健全，生活贫血，那么是整个教育、整个社会的悲哀。

天下太平的线索，就是每一个人都确立了生命的好品质，可叹的是，这个社会愈来愈重视包装而忽视品质了，"好的小孩教不坏，坏的小孩教不好"的结论是，如果钻石被琢磨出来了，不管怎么包装，都是依然耀眼的。

# 最有力量的，是爱

对尚未吸毒的人，爱他们！
对已经吸毒的人，救他们！

最近去上电台的一个现场节目，一位中学三年级的女生打电话进来问问题，她说：

"林先生，我们现在每天都有考试，为了应付第二天的考试，晚上往往读书到半夜还读不完，不知道我该怎么办？"

我说："那其他的同学读得完吗？他们读不完又怎么办？难道就不睡觉了吗？"

听筒那边年轻而天真的声音说："我有很多同学用安非他命提神，听说效果很好，可以整夜不睡觉，我也好想去试试看。"

这个回答令我惊讶，没想到中学生有那么多在吸安非他命，而且答得多么坦然，好像是喝可乐一样。

我忍不住对这一个小女孩说，既然是每天都要考试，那么今天不睡觉可以，明天不睡觉也可以，是不是可以永远不睡觉呢？何况距离联考还有二十天，能不能都不睡撑到联考呢？万一联考的时候昏死在考场，又怎么办？

再说，书是永远读不完的，纵使吃了安非他命，也不可能把书读完。要读书而有精神，必须从生活来改善，如果一个孩子能生活规律，注重营养，有好的睡眠与休闲，精神一定会够的。靠安非他命提神以应付考试，就像用黄金的丸子打麻雀，是得不偿失的。

因为许多医学界的人士已经研究出来，安非他命长期服用，不但会破坏人体的免疫系统，对人的肾脏、肝脏、心脏都有致命的伤害，会无缘无故地暴毙。同时，安非他命会导致妄想与精神错乱，一个人何苦为了小小的考试，而去做破财、伤身、害命的事呢？

"纵使什么学校都考不上，也不要吸食安非他命呀！"我对国三的女生说。她挂断电话，我心里还七上八下的，不知道她是不是听得进我说的话，而我的回答不知道有没有打消她吸毒的念头。

我想起十几年前，那时中华商场还很热闹的时候，有一天我去逛中华商场，有点内急，就跑到"爱栋"去上厕所，看到有五个十几岁的少年，神色紧张，眼神茫然地围在一块吱吱喳喳，我好奇地探头看去，发现他们正轮流地吸食强力胶，强力胶的刺鼻辛味经过搓揉，弥漫在整个公厕，再加上厕所的恶臭，使我很快地掩鼻而逃。

经过十几年，我还常想起五位少年在黑暗恶臭的公厕吸胶的表情，感到作为一个成人的悲哀，这世界多么广大，阳光多么明媚，山林如此青翠，我们为何没有能力使年轻人乐于拥抱世界，走向阳光与山林，反倒制造了一个让他们紧张茫然的环境呢？

强力胶、速赐康、红中、白板、安非他命、大麻、吗啡、海洛因……绝不是独存于环境，而是环境有了压力与苦闷，才培养了毒品滋长的环境，因此，"向毒品宣战"不能只在抓毒、戒毒上打转，而是要在环境与生活上改革，使压力与苦闷解决，毒品也就不能生存了。

我想到多年前跑出公厕，看到"爱栋"的字样时的惊愕，觉得面对毒品最有力量的应该是爱。

如果要我写一个反毒的文案，我会写：

对尚未吸毒的人，爱他们！
对已经吸毒的人，救他们！

用更多的爱，使我们的孩子不会成为毒贩的人肉叉烧包；用更多的爱，使我们的孩子不会成为毒品、赌场、三级片残害下的赤裸羔羊！

# 一滴水到海洋

唯有发现心里一滴水的人，

才能体会海洋也是一滴水的汇集与映现。

能品味一滴水，

也就能品尝海洋的真味了。

一位弟子去追随一位得道的师父，过不了几天，他一有机会就去请教师父："什么是人生的价值？"师父总是不告诉他，他愈发显得着急，一再地去求教。

有一天，师父被缠不过了，从房子里拿出一块石头，那石头看起来很大，也很美，师父说："你带这块石头到卖蔬菜的市场去卖，但是不要真的卖出去，只要试着卖，看看蔬菜市场的人可以出什么样的价钱。"

那个弟子真的带着石头到蔬菜市场去试卖，很多人围过来看，有的说："这么美的石头可以给孩子玩。"有的说："这么大的石头当秤锤刚刚好。"于是纷纷给石头出价,从两元到十元不等。弟子带着石头回来见师父,说:"在蔬菜市场,这个石头只能卖到十元的价钱。"

师父又说:"现在你把这石头拿到黄金的市场去卖,但是不要真的卖出去,看看黄金市场的人可以出什么样的价钱。"

弟子照着吩咐去做了,当他从黄金市场回来的时候,很高兴地去向师父报告:"在黄金市场,他们出的价钱很好,这石头可以卖到一千元。"

师父又说:"现在,你把这石头拿到珠宝店去,还是不要卖出去,只要看看珠宝店的人可以出到什么样的价钱。"

弟子拿石头到珠宝店去卖时,他简直无法相信,因为第一个人就出价五千元,由于他不卖,珠宝店的人竟一直加价,最后加到几十万元。

弟子还是不肯卖,最后珠宝店的人说:"只要你肯卖,任你开个价吧!"

弟子说:"我只是奉师父之命来试这个石头的价钱,不管出多高的价,我的石头都是不卖的。"弟子离开珠宝店的时候,他心想黄金市场和珠宝店的人简直是疯狂,因为在他看来,一块石头能卖十元就够好了。

他回来向师父报告在珠宝店得到的开价,师父说:"一个石头的价值,是因为了解的深浅而定的,如果一个人没有够好的眼睛,所有的石头价值都不会超过十元,正像你在蔬菜市场遇到的那些人。你每天追着我问人生的价值,可是你的眼睛只在蔬菜市场的层次,我给你一个钻石,你也会以为只值十元。如果你成为珠宝商,认识真正的宝石,我给你的宝石才会成为无价。现在,你先不要向我要人生的宝石,先使你自己拥有珠宝商的眼睛,那时候你来找我,我就会教你人生的价值。"

这是苏菲修行者的故事,它有两个重要的寓意,一是想要追求人生更高的奥秘,一定要在心灵上有所准备,要养成慧眼,这样才能承受真正的"道的宝石",如果没有慧眼,最好的钻石摆在眼前也与石头无异。

二是万事万物并没有绝对的价值,缘于了解的深浅而显示价值的高低,唯有心灵的提升才能坚持出一种绝对的价值,有绝对价值的人,吃饭喝茶中都有深奥的境界,因为人生的奥义并不在那相对与分别的世界,而在绝对的性灵中。

不久前,我去参观一个奇石的展览,就想到苏菲的这个故事,那所谓的奇石全不假人工地雕琢,而是捡拾自深山、溪流、海边,个个都有奇特的风姿,它们的定价从数千到数十万都有,如果不是收藏奇石的那个圈子里的人,很难理解为什么一个石头可以卖到几十万,但是听说有很多是非卖品,即使那个圈子里的人愿意花几十万买石头也买不到呀!

我们假设那些原在深山、海岸、溪畔的奇石,普通人去根本就懒得去捡,那么发现而捡拾的人就可以说是慧眼独具了,他们的慧眼则是从对石头的爱与了解而产生的，当然也有人为了卖钱而捡石头，有一位奇石收藏家就告诉我："为了卖钱而捡石头的人，往往捡不到最好的石头。"

但是，不管是为爱而捡或为钱而捡，不管有什么样的定价，不管是在深山或在艺术馆的架上，一个石头的本质是不会改变的，在改变与波动着的只是我们的眼睛，我们的心。

石头存在的本身就饱含了价值，不因慧眼或俗眼而改变，其实，所有万物的本身都有不可替代、无法定价、深刻无比的价值，此所以"森罗万象许峥嵘"，此所以"翠竹皆是法身，黄花无非般若"，此所以"溪声尽是广长舌，山色岂非清净身……"

保持内心如宝石一样的品质，比起为宝石订定各种价钱要高明得多了。

从前，牛顿在苹果树下，被一粒苹果打中而发现地心引力，地心引力是多么伟大的发现，但是如果没有那粒适时落下的苹果，可能要晚几百年才会被发现，所以市场里也许一粒苹果卖十块钱，可是一粒苹果也可以是地心引力的引信，也可以是无价的。

有一个这样的笑话：一个孩子读了牛顿发现地心引力的故事，就跑去坐在苹果树下，想自己说不定也可以发现什么大的道理。他坐在苹果树下胡思乱想，为什么苹果树这么高大，却长出这么小的苹果，而大西瓜却是相反地长在小小的西瓜藤上。小苹果长在大树上，大西瓜却长在小小的藤上，这里面一定有什么伟大的道理吧！

正在苦思的时候，一粒苹果啪一声落在他的头上，他突然欣喜若狂地发现了："还好是一粒苹果，如果是大西瓜落下来，我还会有头在吗？原来大西瓜长在地上是有道理的，至少落下的时候不会有人受伤。苹果长在大树上是很好的，西瓜长地上也是很好的，万物的存在都有它的道理。"

事物的价值源自于人心的价值，如果心的价值不被发现与确立，事物的价值也就得不到确立了。有一个朋友千里迢迢带回来大陆寺庙改建时拆下的砖送我，说是唐朝的砖，我左看右看地端详这块朋友口中"伟大，而有历史的砖"，却总是看不出它的殊异之处，我想，如果把这块砖放在忠孝东路人群最多的地方，也不会有人捡拾，或者第二天就被清道夫丢进垃圾车里，这块毫不起眼、重达五公斤的砖块，被以锦盒包装，抱在怀中，飞山越海到我的手上，只是因为在我们的心先确立了，才会发现它的价值呀！

"文化大革命"的悲剧，正在于人心对于文化、文明、传统与历史的不能确立，当一个人的心没有价值观与品质感时，当一个人的心只有垃圾的时候，所看见的世界也无非是垃圾！

在现代社会，真实的价值之所以隐没，就是人心隐没的结果。

假若说，人心的价值是一滴水，万物存在的价值是一片广大的海洋，唯有发现心里一滴水的人，才能体会海洋也是一滴水的汇集与映现。轻视一滴水，就是轻视整个海洋，而能品味一滴水，也就能品尝海洋的真味了。

# 生命的化妆

我认识一位化妆师。她是真正懂得化妆，而又以化妆闻名的。

对于这生活在与我完全不同领域的人，我增添了几分好奇，因为在我的印象里，化妆再有学问，也只是在皮相上用功，实在不是有智慧的人所应追求的。

因此，我忍不住问她："你研究化妆这么多年，到底什么样的人才算会化妆？化妆的最高境界到底是什么？"

对于这样的问题，这位年华已逐渐老去的化妆师露出一个深深的微笑。她说："化妆的最高境界可以用两个字形容，就是'自然'。最高明的化妆术，是经过非常考究的化妆，让人家看起来好像没有化过妆一样，并且这化出来的妆与主人的身份匹配，能自然表现那个人的个性与气质。次级的化妆是把人突显出来，让她醒目，引起众人的注意。拙劣的化妆是一站出来别人就发现她化了很浓的妆，而这层妆是为了掩盖自己的缺点或年龄的。最坏的一种化妆，是化过妆以后扭曲了自己的个性，又失去了五官的协调，例如小眼睛的人竟化了浓眉，大脸蛋的人竟化了白脸，阔嘴的人竟化了红唇……"

没想到，化妆的最高境界竟是无妆，竟是自然，这可使我刮目相看了。

化妆师看我听得出神，继续说："这不就像你们写文章一样？拙劣的文章常常是词句的堆砌，扭曲了作者的个性。好一点的文章是光芒四射，吸引了人的视线，但别人知道你是在写文章。最好的文章，是作家自然的流露，他不堆砌，读的时候不觉得是在读文章，而是在读一个生命。"

多么有智慧的人啊！可是，"到底做化妆的人只是在表皮上做功夫！"我感叹地说。

"不对的，"化妆师说，"化妆只是最末的一个枝节，它能改变的事实很少。深一层的化妆是改变体质，让一个人改变生活方式。睡眠充足、注意运动与营养，这样她的皮肤改善、精神充足，比化妆有效得多。再深一层的化妆是改变气质，多读书、多欣赏艺术、多思考、对生活乐观、对生命有信心、心地善良、关怀别人、自爱而有尊严，这样的人就是不化妆也丑不到哪里去，脸上的化妆只是化妆最后的一件小事。我用三句简单的话来说明，三流的化妆是脸上的化妆，二流的化妆是精神的化妆，一流的化妆是生命的化妆。"

化妆师接着做了这样的结论："你们写文章的人不也是化妆师吗？三流的文章是文字的化妆，二流的文章是精神的化妆，一流的文章是生命的化妆。这样，你懂化妆了吗？"

我为了这位女性化妆师的智慧而起立向她致敬,深为我最初对化妆的观点感到惭愧。

告别了化妆师,回家的路上我走在夜黑的地方,有了这样深刻的体悟:这个世界一切的表相都不是独立自存的,一定有它深刻的内在意义,那么,改变表相最好的方法,不是在表相下功夫,一定要从内在里改革。

可惜,在表相上用功的人往往不明白这个道理。

# 猫头鹰人

在信义路上,有一个卖猫头鹰的人,平常他的摊子上总有七八只猫头鹰,最多的时候摆十几只,一笼笼叠高起来,形成一个很奇异的画面。

他的生意顶不错,从每次路过时看到笼子里的猫头鹰全部换了颜色可以知道。他的猫头鹰种类既多,大小也很齐全,有的鹰很小,小到像还没有出过巢;有的很老,老到仿佛已经不能飞动。

我注意到卖鹰人是很偶然的,一年多前我带孩子散步经过,孩子拼命吵闹,想要买下一只关在笼子里的小猫头鹰。那时,卖鹰的人还在卖兔子,摊子上只摆了一只猫头鹰,卖鹰者努力向我推销说:"这只鹰崽是前天才捉到的,也是我第一次来卖猫头鹰,先生,给孩子买下来吧!你看他那么喜欢。"我这才注意到眼前卖鹰的中年人,看起来非常质朴,是刚从乡下到城市谋生活的样子。

我没有给孩子买鹰,那是因为我一向反对把任何动物关在笼子里,而且我对孩子说:"如果都没有人买猫头鹰,卖鹰的人以后就不会到山上去捉猫头鹰了,你看,这只鹰这么小,它的爸爸妈妈一定为找不到它在着急呢!"孩子买不成猫头鹰,央求站在前面再看一会儿,正看的时候,有人以五百元买了那只鹰,孩子哇啦一声,不舍地哭了出来。

此后我常常看见卖鹰的人,他的规模一天比一天大,到后来干脆不卖兔子,只卖猫头鹰,定价从五百五十元到一千元左右,生意好的时候,一个月卖掉几十只。我想不通他从何处捕到那么多的猫头鹰,有一次闲谈起来,才知道台湾深山里还有许多猫头鹰,他光是在坪林一带的山里一天就能捕到几只。

他说:"猫头鹰很受欢迎咧!因为它不吵,又容易驯服,生意太好了,我现在连兔子也不卖了,专卖鹰。一有空我就到山上去捉,大多数时候能捉到还在巢中的小鹰,运气好的时候,也能捉到它们的父母……"

我劝他说:"你别捉鹰了,捉鹰的时间做别的也一样赚那么多钱。"

他说:"那不同咧!捉鹰是免本钱稳赚不赔的。"

对这样的人,我也不能再说什么了。

后来我改变散步的路线,有一年多没有见过卖猫头鹰的人,前不久我又路过那一带,再度看到卖鹰者,他还在同一个街角卖鹰,猫头鹰笼子仍然一个叠着一个。

当我看见他时,大大吃了一惊,那卖鹰者的长相与一年前我见到他时完全不同了。他的长相几乎变得和他卖的猫头鹰一样,耳朵上举、头发扬散、鹰钩鼻、眼睛大而瞳仁细小、嘴唇紧抿,身上还穿着灰色掺杂褐色的大毛衣,坐在那里就像是一只大的猫头鹰,只是有着人形罢了。

　　短短一年多的时间,为什么使一个人的长相完全不同了呢?这巨大的变化是从何而来呢?我努力思索卖鹰者改变面貌的原因。我想到,做了很久屠夫的人,脸上的每道横肉,都长得和他杀的动物一样。而鱼市场的鱼贩子,不管怎么洗澡,毛孔里都会流出鱼的腥味。我又想到,在银行柜台数钞票很久的人,脸上的表情就像一张钞票,冷漠而势利。在小机关当主管作威作福的人,日子久了,脸变得像一张公文,格式十分僵化,内容逢迎拍马。坐在电脑前面忘记人的品质的人,长相就像一台电脑。还有,跑社会新闻的记者,到后来,长相就如同社会版上的照片……

　　原因是这样来的吗?或者是像电影电视上演坏人的演员,到后来就长成一脸坏相,因为他打从心里一直坏出来,到最后就无法辨认了。还有那些演色情片的演员,当她们裸体的照片登在杂志上,我们仿佛只看到一块肥腻的肉,却不见她们的心灵或面貌了。

　　一个人的职业、习气、心念、环境都会塑造他的长相和表情,这是人人都知道的,但像卖猫头鹰的人改变那么巨大而迅速,却仍然出乎我的预想。我的眼前闪过一串影像,卖鹰者夜里去观察鹰的巢穴,白天去捕捉,回家做鹰的陷阱,连睡梦中都想着捕鹰的方法,心心念念在鹰的身上，到后来自己长成一只猫头鹰都已经不自觉了。

我从卖鹰者的前面走过，和他打招呼，他居然完全忘记我了，就如同白天的猫头鹰，眼睛茫然失神，他只是说："先生，要不要买一只猫头鹰，山上刚捉来的。"

这使我在后来的散步里，想起了三千年前瑜伽行者的一部经典《圣典博伽瓦谭》中所记载，巴拉达国王的故事。

巴拉达国王盛年的时候，弃绝了他的王后、家族和广袤的王国，到森林里去，那是他相信古印度的经典，认为人应该把中年以后的岁月用于自觉。

他在森林中过着苦行生活，仅仅食用果子和根菜植物，每日专注地冥想，经过一段时间，他的自我从身中醒觉了过来。有一天他正在冥思，忽然看到一只母鹿到河边饮水，随着又听到不远处狮子的大吼，母鹿大吃一惊，正要逃跑的时候，一只小鹿从它的子宫堕下，跌入河中的急流里，母鹿害怕得全身颤抖，在流产之后就死去了。

巴拉达眼看小鹿被冲向下游，动了恻隐之心，便从河里救起小鹿，把小鹿带在自己身边。他从此和小鹿一起睡觉、一起走路、一起洗澡、一起进食，他对待小鹿就如同对待自己的孩子，自己的心念完全系在小鹿身上。

有一天，小鹿不见了。巴拉达陷入了非常焦躁的意念里，担心着小鹿的安危就像失去了儿子一样，他完全无法冥思，因为想的都是小鹿，最后他忍不住启程去寻找小鹿，在黑暗森林里，他如痴如狂呼唤小鹿的名字，他终于不小心跌倒了，受了重伤，就在他临终的时候，小鹿突然出现在他的身边，就像爱子看着父亲一样看着他，就这样，巴拉达的心念和精神全部集中在小鹿身上，他下次醒来的时候，发现自己成为一头鹿，这已经是他的下一世了。

这是瑜伽对于意念的看法，意念不仅对容貌有着影响，巴拉达因疼爱小鹿，都因而沉进了轮回的转动，那么，捕捉贩售猫头鹰的人，长相日益变成猫头鹰又有什么奇怪呢？

和朋友谈起猫头鹰人长相变异的故事，朋友说："其实，变的不只是卖鹰的人，你对人的观照也改变了。卖鹰者的长相本来就那样子，只是习气与生活的濡染改变了他的神色和气质罢了。我们从前没有透过内省，不能见到他的真面目，当我们的内心清明如镜，就能从他的外貌而进入他的神色和气质了。"

难道，我也改变了吗？

在这个世界上，我们的意念都如在森林中的小鹿，迷乱地跳跃与奔跑，这纷乱的念头固然值得担忧，总还不偏离人的道路。一旦我们的意念顺着轨道往偏邪的道路如火车开去，出发的时候好像没有什么，走远了，就难以回头了。所以，向前走的时候每天反顾一下，看看自我意念的轨道是多么重要呀！

我们不只要常常擦拭自己的心灵之镜，来照见世间的真相；也要常常照照镜子，看看自己的长相与昨日的不同；更要照心灵之镜，才不会走向偏邪的道路。卖猫头鹰的人每天面对猫头鹰，就像在照镜子，我们面对自己俗恶的习气，何尝不是在照镜子呢？

　　想到这里，有一个人与我错身而过，我闻到栗子的芳香从他身上溢出，抬头一看，果然是天天在街角卖糖炒栗子的小贩。

# 珍惜的心

有珍惜的心，珍惜人情、珍惜一草一木，社会，乃至世界的清明就较可期待。

有一次和柴松林教授同台演讲，柴教授讲前半场，我和瞿海源教授讲中场和后半场，柴教授因为别处还有演讲，先行离席，离开的时候，他突然站着说："呀！对了，还有一件事。"

他从皮包里取出一个方形的东西，慢慢地展开，竟变成一个很大的手提袋，他说："这是我们新环境基金会设计的手提袋，折起来很小，打开以后可以装很多东西，为什么要用这种手提袋呢？因为我们台湾已经快要被塑胶袋淹没了，如果我们出门时带一个这种手提袋，就可以不用向店里和摊贩拿塑胶袋，我们少用几个塑胶袋，我们台北，甚至整个地球就干净几分了。"

当天，我们演讲的题目是宗教的现代化，和环保并无直接关系，因此对柴教授突然的举动，全场为之肃然，然后他再拿出一个手提袋，送给主办演讲的文殊佛教百货公司的董事长洪启嵩说："我正好还多带一个，把它送给洪先生，希望我们宗教的现代化就从保护生存环境开始，在座的各位如果希望也有这样的手提袋，请向新环境基金会索取。"

柴教授离开的时候，全场报以热烈的掌声。

柴教授的这种无时无刻不为保护环境设想的精神，使我大受感动，感动的是这个社会虽然混乱堕落，还是有许多有心人在默默地付出。从此我不免见贤思齐，去买东西时尽量少取用塑胶袋，这时才发现我们滥用塑胶袋已经到了令人惊心的地步。

每天大量消耗的牛奶、汽水、饮料，许多都用塑胶瓶和宝特瓶，制造出来败坏环境的因素是不能忽视的。到市场去买菜，每买一把菜就是一个塑胶袋，回到家就是十几个塑胶袋。到面包店买面包，每个面包是一个小塑胶袋，然后一起装在一个大塑胶袋。到超商去买小小的一个茶叶蛋，也是两个塑胶袋……其实，每个人每天都制造出无数的塑胶袋，也就是环境中无数的毒素，只是我们习焉不察，不以为意罢了。

我们可不可以减少制造像塑胶袋这种环境的负面因素呢？可以的，在先进国家里，饮料多用玻璃瓶和铝罐，到超级市场或快餐店都是用纸袋包装，以台湾目前的经济情况，使用玻璃、铝铁、纸袋都是轻而易举的事（我们二十年前不就是那样吗？）为什么我们不肯去做呢？

除了塑胶袋，纸张的使用也是严重的问题，我最近有两本书是用"再生纸"印刷，出版社的朋友告诉我："再生纸的价钱和处女纸差不多，为了保护环境，我们宁可使用再生纸。"我听了也很感动，我们应该更大量地使用再生纸，像纸袋、信封、杂志、广告单、信纸、书籍、笔记簿都应该提倡再生纸的观念，落实"地球上没有一棵树因为印这本书倒下来"的宣言。

少用塑胶袋、多用再生纸，由民间的个人来做收效是比较缓慢的，如果由大的企业团体来倡导，应该会有效得多。例如百货公司、超级市场、统一超商、味全超商这些一天使用数万、甚至数百万塑胶袋的单位来做，一定会快速而有效。

我时常突发奇想，如果有一家大企业（例如统一），全面来改革以纸袋取代塑胶袋，那么该企业在"形象"的回收与价值是不可估量的，简直可以说是万民称庆。最近报载，美国麦当劳总公司决定从明年开始，把包装汉堡的保丽龙盒全改成纸盒，装饮料的杯子全使用纸杯，竟成为世界性的新闻，麦当劳一直是快餐业的"龙头"，光是这一个宣布，就使我们知道，纵使有再多的竞争者，其龙头地位是难以取代的，那不是因为它的汉堡特别好吃，而是因为它的形象。

对于环境不制造负面因素，最重要的意义是一颗珍惜的心，人人如果都有珍惜的心，连看来似乎无关紧要的环境都尽力维护珍惜，就会珍惜物质、珍惜人情、珍惜一草一木，那么社会、乃至世界的清明就较可期待，"珍惜的心"也就成为文明与文化最重要的动力。

传播媒体把那些珍惜物资、珍惜环境的人称为"新节俭主义"或"新保守主义",我觉得是褒词而不是贬词,我们这个欲望横流的时代,不懂得惜物爱人的社会,需要的是一种对物资的"新节俭运动";对于无知伤害环境的人,对于明知故犯的破坏生灵的新人类,需要的正是"新保守运动"!

我也自命为新节俭主义者、新保守主义者,那是我深信唯有人人有这样的自许,我们的社会才有希望!

# 味之素

在南部，我遇见一位中年农夫，他带我到他耕种稻子的田地。

原来他营生的一甲多稻田里，有大部分是机器种植，从耕耘、插秧、除草、收割，全是机械化的。另外留下一小块田地由水牛和他动手，他说一开始时是因为舍不得把自小养大的水牛卖掉，也怕荒疏了自己在农田的经验，所以留下一块完全用"手工"的土地。

等到第一次收成，他仔细地品尝了自己用两种耕田方式生产的稻米，他发现，自己和水牛种出来的米比机器种的要好吃。

"那大概是一种心理因素吧！"我说，因为他自己动手，总是有情感的。

农夫的子女也认为是心理因素，农会的人更认为这是不可能的，只是抗拒机器的心理情结。

农夫说："到后来我都怀疑是自己的情感作祟，我开始做一个实验，请我媳妇做饭时不要告诉我是哪一块田的米，让我吃的时候来猜，可是每次都被我说中了，家里的人才相信不是因为感情和心理，而是味道确有不同,只是年轻人的舌头已经无法分辨了。"

这种说法我是第一次听见,照理说同样一片地,同样的稻种,同样的生长环境,不可能长出可以辨别味道的稻米。农夫同样为这个问题困惑,然后他开始追查为什么他种的米会有不同的味道。

他告诉我——那是因为传统。

什么样的传统呢?——我说。

他说:"我从翻田开始就注意自己的土地,我发现耕耘机翻过的土只有一尺深,而一般水牛的力气却可以翻出三尺深的土,像我的牛,甚至可以翻三尺多深。因此前者要下很重的肥料,除草时要用很强的除草剂,杀虫的时候就要放加倍的农药,这样,米还是一样长大,而且长得更大,可是米里面就有了许多不必要的东西,味道当然改变了,它的结构也不结实,所以它嚼起来淡淡松松,一点也不Q。"

至于后者,由于水牛能翻出三尺多深的土地,那些土都是经过长期休养生息的新土,充满土地原来的力量,只要很少的肥料,有时根本用不着施肥,稻米已经有足够成长的养分了。尤其是土翻得深,原来长在土面上的杂草就被新翻的土埋葬,除草时不必靠除草剂,又因为翻土后经过烈日暴晒,地表皮的害虫就失去生存的环境,当然也不需要施放过量的农药。

农夫下了这样的结论:"一株稻子完全依靠土地单纯的力气长大,自然带着从地底深处来的香气。你想,咱们的祖先几千年来种地，什么时候用过化肥、除草剂、农药这些东西？稻子还不是长得真好，而且那种米香完全是天然的。原因就在翻土，土犁得深了，稻子就长得好了。"

是吧！原因就在翻土，那么我们把耕耘机改成三尺深不就行了吗？农夫听到我的言语笑起来，说："这样，耕耘机不是要累死了。"我们站在农田的阡陌上，会心地相视微笑。我多年来寻找稻米失去的味道的秘密，想不到在乡下农夫的实验中得到一部分解答。

我有一个远房亲戚，在桃园大溪的山上种果树，我有时去拜望他，循着青石打造的石阶往山上走的时候，就会看到亲戚自己垦荒拓土开辟出来的果园，他种了柳丁、橘子、木瓜、香蕉和葡萄，还有一片红色的莲雾。

台湾的水果长得好，是尽人皆知的事，亲戚的果园几乎年年丰收，光是站在石阶上俯望那一片结实累累红白相映的水果，就够让人感动，不要说能到果园里随意采摘水果了。但是每一回我提起到果园采水果，总是被亲戚好意拒绝，不是这片果园刚刚喷洒农药，就是那片果园才喷了两天农药，几乎没有一片干净的果园，为了顾及人畜的安全，亲戚还在果园外竖起一块画了骷髅头的木板，上书"喷洒农药，请勿采摘"。

他说："你们要吃水果，到后园去采吧！"那一块是留着自己吃的，没有喷农药。

在他的后园里有一小块围起来的地，种了一些橘子、柳丁、木瓜、香蕉、芒果，还有两棵高大的青种莲雾等四季水果，周围沿着篱笆，还有几株葡萄。在这块"留着自己吃的"果园，他不但完全不用农药，连肥料都是很少量使用，但经过细心的整理，果树也是结实累累。果园附近，还种了几亩菜，养了一些鸡，全是土菜土鸡。

我们在后园中采的水果，相貌没有大园子那样堂皇，总有几个有虫咬鸟吃的痕迹，而且长得比较细瘦，尤其是青种的老莲雾，大概只有红色莲雾的一半大。亲戚对这块园子津津乐道，说是别看这些水果长相不佳，味道却比前园的好得多，每种水果各有自己的滋味，最主要的是安全，不怕吃到农药。他说："农药吃起来虽不能分辨，但是连虫和鸟都不敢吃的水果，人可以吃吗？"

他最得意的是两棵青种的莲雾，说那是在台湾已经快绝迹的水果了，因为长相不及红莲雾，论斤论秤也不比红莲雾赚钱，大部分被农民毁弃。"可是，说到莲雾的滋味，红莲雾只是水多，一点没有味道的；青莲雾的水分少，肉质结实，比红色的好多了。"

然后亲戚感慨起来，认为台湾水果虽一再改良，愈来愈大，却都是水，每一种水果吃起来味道没什么区别，而且腐败得快，以前可以放上一星期不坏的青莲雾，现在的红莲雾则采下三天就烂掉一大半。

我向他提出抗议，说为什么自己吃的水果不洒农药和肥料，卖给果商的水果却要大量喷洒，让大家没有机会吃好的、安全的水果，他苦笑着说："这些虫食鸟咬的水果，批发商看了根本不肯买。这全是为了竞争呀！我已经算是好的，听说有的果农还在园子里洒荷尔蒙、抗生素呢！我虽洒了农药，总是到安全期才卖出去，一般果农根本不管，价钱好的时候，昨天下午才洒的农药，今天早上就采收了。"

我为亲戚的话感慨不已，更为农民的良知感到忧心，他反倒笑了说："我们果农流传一句话，说'台北人的胃卡勇'，他们从小吃农药荷尔蒙长大，身上早就有抗体，不会怎么样的。至于水果真正的滋味呢？台北人根本不知道原味是什么，早已无从分辨了。"

亲戚从橱柜中拿出一条萝卜，又细又长一副营养不良的样子，根须很长大约有七八厘米，他说："这是原来的萝卜，在菜场已经绝种，现在的萝卜有五倍大，我种地种了三十年，十几年前连做梦也想不到萝卜能长那么大，但是拿一条五倍大的萝卜熬排骨汤，滋味却没有这一条小小的来得浓！"

每次从亲戚山上的果园菜园回来，常使我陷入沉思，难道我们要永远吃这种又肥又痴、水分满溢又没有滋味的水果蔬菜吗？

我脑子里浮现了几件亲身体验的事：母亲在乡下养了几只鹅，有一天在市场买芹菜回来，把菜头和菜叶摘下丢给鹅吃，那些鹅竟在一夜之间死去，全身变黑，是因为菜里残留了大量的农药。

有一次在民生公园，看到一群孩子围在一处议论纷纷，我上前去看，原来中间有一只不知道哪里跑出来的鸡。这些孩子大部分没看过活鸡，他们对鸡的印象来自课本，以及喂了大量荷尔蒙抗生素、从出生到送入市场只要四十天的肉鸡。

有一回和朋友谈到现在的孩子早熟，少年犯罪频繁，一个朋友斩钉截铁地说，是因为食物里加了许多不明来历的物质，从小吃了大量荷尔蒙的孩子怎能不早熟，怎能不性犯罪？这恐怕找不到证据，却不能说不是一条线索。

印象最深刻的是，二十年前，有人到我们家乡推销味素，在乡下叫作"鸡粉"，那时的宣传口号是"清水变鸡汤"，乡下人趋之若鹜，很快使味素成为家家必备的用品，不管是做什么菜，总是一大瓢味素撒在上面，把所有的东西都变成一种"清水鸡汤"。

我如今对味素敏感，吃到味素就要作呕。是因为味素没有发明以前，乡下人的"味素"是把黄豆捣碎拌一点土制酱油，晒干以后在食物中加一点，其味甘香，并且不掩盖食物原来的味道。现在的味素是什么做的，我不甚了然，听说是纯度百分之九十九的L-麸酸钠，这是什么东西？吃了有无坏处？对我是个大的疑惑。唯一肯定的是味素是"破坏食物原味的最大元素"。

"味素"而破坏"味之素"，这是现代社会最大的反讽。

我有一个朋友，一天睡眼蒙眬中为读小学六年级的孩子做早餐，煮"甜蛋汤"，放糖时错放了味素，朋友清醒以后，颇为给孩子放的五瓢味素操心不已。孩子放学回来，却竟未察觉蛋汤里放的不是糖，而是味素——失去对味素的知觉比吃错味素更令人操心。

过度的味素泛滥，一般家庭对味素的依赖，已经使我们的下一代失去了舌头。如果我们看到饭店厨房用大桶装的味素，就会知道连我们的大师傅也快没有舌头了。

除了味素，我们的食物有些什么呢？硼砂、色素、荷尔蒙、抗生素、肥料、农药、糖精、防腐剂、咖啡因……我们还有什么可以吃，而又有原味的食物呢？加了这些，我们的蔬菜、水果、稻米、猪、鸡往往生产过剩而丢弃，因为长得太大太多太没有味道了。

生为一个现代人，我时常想起"吾不如老农，吾不如老圃"的话，不是我力不能任农事，而是我如果是老农，可以吃自种的米；是老圃，可以吃自种的蔬菜水果，至少能维持一点点舌头的尊严。

"舌头的尊严"是现代人最缺的一种尊严。连带的，我们也找不到耳朵的尊严（声之素），找不到眼睛的尊严（色之素），找不到鼻子的尊严（气之素）。嘈杂的声音、混乱的颜色、污染的空气，使我们像电影《怪谈》里走在雪地的美女背影，一回头，整张脸是空白的，仅存的是一对眉毛。在清冷纯净的雪地，最后的眉毛，令我们深深打着寒战。

没有了五官的尊严，又何以语人生？